COLLECTION ÉCRITURES/FIGURES
dirigée par Michel Delorme

L'Autre Portrait

© 2014, ÉDITIONS GALILÉE, 9, rue Linné, 75005 Paris

En application de la loi du 11 mars 1957, il est interdit de reproduire intégralement ou partiellement le présent ouvrage sans autorisation de l'éditeur ou du Centre français d'exploitation du droit de copie (CFC), 20, rue des Grands-Augustins, 75006 Paris.

ISBN 978-2-7186-0898-3   ISSN 0150-0740

www.editions-galilee.fr

Jean-Luc Nancy

L'Autre Portrait

Éditions Galilée

Le portrait semble, régulièrement, l'action ou l'expression de sa cause (celle-ci est le sujet ou le modèle) ; c'est tout un espace cloué au sujet [1].

---

1. Jean-Louis Schefer, *Figures peintes,* Paris, POL, 1998, p. 313.

Qu'en est-il aujourd'hui du genre ou de la modalité artistique du portrait ? Cette question implique d'une part le caractère ancien, traditionnel du portrait dans l'histoire de l'art occidental – et par conséquent la question d'un devenir avec ses transformations, ses ruptures, ses raisons et ses surprises. Elle implique en même temps le caractère particulier du portrait en tant qu'il constitue à la fois un point focal de la « figuration » en général – donc de la mimesis *– et un type de production dont l'appartenance à l'art n'est pas simple puisqu'il en existe des finalités et des usages en droit indépendants d'une postulation artistique.*

Avec le portrait – avec ses façons, ses manières, ses éclipses et ses ruines – se joue le sort de la figure en général : de la représentation, de la fiction, donc de la présence et de la vérité ; du visage, de la présence et de l'absence ; de l'autre, de sa proximité, de sa distance. Dans le portrait se retrace, se retire, se rejoue très sensiblement sous nos yeux la possibilité pour nous d'être présents.

I

L'altro ritratto : cette expression a d'abord été, en italien, la formule avancée pour amorcer un projet d'exposition[1]. Deux significations s'imposent aussitôt en même temps : d'une part « l'autre portrait » comme un portrait différent de celui que nous connaissons, que nous pensons avoir passablement identifié comme la notion ou l'idée de « portrait » ; d'autre part, et selon la ressource propre de l'italien, « l'autre retiré », l'autre en tant qu'autre du même (ou du propre, ou du soi) considéré dans un retrait – une retraite,

---

1. Cristiana Collu, directrice du Museo di Arte Moderna e Contemporanea di Rovereto e Trento, me confiait en ces termes le commissariat d'une exposition qui s'est tenue à Rovereto d'octobre 2013 à janvier 2014. Pour cette confiance et pour sa chance, ce texte dit aussi toute ma gratitude. Sa première version a paru en italien dans le catalogue *L'Altro Ritratto*, tr. italienne M. Villani, Rovereto, MART/Naples, Electa, 2013.

un recul, voire une disparition – qui serait lui-même un effet ou une propriété du portrait.

Cette expression présente donc deux exigences : celle de considérer la ou les différences propres du portrait contemporain, pour autant qu'il soit possible d'en risquer une sorte de caractéristique ; celle de considérer dans le portrait le retrait de l'autre dans sa (re)présentation même. Les deux exigences se rejoignent, si le portrait contemporain met l'accent – plusieurs sortes d'accent – sur la fuite ou sur l'étrangeté de ce (lui/elle) dont il fait portrait.

En son sens ordinaire le « portrait » désigne la représentation d'une personne, singulièrement de son visage. Ce sens est une spécialisation d'un sens plus large : dessin, représentation en général, figuration, voire inscription ou gravure (ainsi des « lettres portraites » sur les épées chez Chrétien de Troyes). Le préfixe *por* (à l'origine *pour*) marque une intensification : le trait, le tracé est appuyé, porté en avant et son intensité le mène en direction d'une substitution du dessin à la chose dessinée. Le « pourtraict » ou « portrait » a aussi désigné la figuration des formes d'un bâtiment à construire, ou bien la description d'un état de choses ou d'une notion (par exemple, la santé [1]). Dans le français actuel, il est toujours possible de parler du portrait d'une situation, d'une région, d'une activité, etc. (en ce sens on emploie aussi bien « tableau » ou « peinture », par exemple : « peinture des mœurs citadines »).

La langue italienne a retenu la composition du latin *trahere, traciare*, avec le préfixe *re* marquant l'extraction du trait, l'action de le tirer hors du modèle pour le reproduire. En même temps que le portrait, *ritratto* désigne aussi le retrait, la rétraction ou le retirement – sens qui se retrouve dans le français « retraite ». (En revanche, dans certaines régions de France, on a employé jadis le verbe « retraire » au sens de « ressembler ».) Comme dans le cas de « portrait », *ritratto* a eu aussi le sens de « représentation » non spécialisée dans le « portrait ».

Entre le *portrait* et le *ritratto* se noue une intrigante complexité sémantique [2]. D'une

---

1. *Cf. Le Pourtraict de la santé où est au vif representée la Reigle universelle et particuliere, de bien sainement et longuement vivre*, de Joseph Du Chesne (1546-1609).

2. Il serait possible, dans un autre contexte, d'étendre cette analyse à plusieurs autres langues.

part la figuration du visage humain (ou de l'allure entière d'un corps) absorbe la valeur générale de la figuration – tout comme d'ailleurs *figure* et *figura* sont capables dans l'une et l'autre langue d'absorber dans la figure humaine la valeur générale du contour tracé, de la forme façonnée : « figure » devient dans certains contextes quasi synonyme de « visage » alors que dans d'autres contextes on est du côté de la « figure géométrique ». Le visage tend à valoir pour l'excellence de l'aspect (c'est le « voyant » qu'il s'agit de voir), de la représentation et de l'image (une bonne image doit en quelque façon nous dévisager…).

D'autre part, deux directions se croisent : celle de l'intensité qui met en avant et qui imprime les traits, et celle du dégagement ou de l'exérèse qui tire à soi les traits pour les exprimer. D'un côté on va vers la mise en présence, jusqu'à la substitution de l'image au modèle (« il ne lui manque que la parole »), de l'autre on va vers la reproduction et la ressemblance, donc vers la comparaison avec le modèle (« c'est tout à fait lui ! »). À la limite on pourrait dire que la logique de la *mimesis*, telle qu'elle se concentre dans le portrait, est toujours suspendue – ou tendue – entre une extrémité de présence pure (qui abolirait la *mimesis*) et une extrémité de similarité (où la *mimesis* souligne l'absence du modèle, voire sa disparition).

On peut montrer que cette intrication de valeurs et de valences se retrouve toute dans la complexité qu'enferme la notion de *représentation* : la présentation imitative, qui prélève ou qui emprunte, pour les reproduire, les qualités de l'original, s'y mêle au geste d'une présentation à un sujet dont on attire l'attention (c'était le sens ancien de l'expression « faire des représentations ») ; s'y ajoute aussi le sens politico-juridique selon lequel un *représentant* (par exemple un député) est le mandaté d'un mandataire.

Le portrait mêle ces trois fonctions : il reproduit, il interpelle et il est fondé de pouvoir. Le portrait d'un souverain ou d'un maître figure, évoque et exerce son autorité (ou quelque chose d'elle).

Il en résulte que le *portrait/ritratto* porte ainsi à l'incandescence la problématique de la représentation ou de la figure : l'extériorité d'une ostension le dispute à l'intimité d'une saisie opérée au plus propre. Manifester au dehors et plonger au dedans sont dans le portrait à la fois contraires et complémentaires. C'est pourquoi on peut, avec Jean-Christophe Bailly, parler de « cet absolu de l'image qu'est le portrait »[1].

Tel est le premier enjeu de ce que nous nommons *l'altro ritratto* : dans le portrait, dans *son* portrait – dans son « propre » portrait (expression on ne peut plus ambiguë) – l'autre se retire. Il se retire en se montrant, il fait retraite au sein de sa manifestation même. L'autre portraituré, c'est aussi bien l'autre retiré, et par conséquent l'autre reconnu – si la ressemblance vaut reconnaissance – est aussi bien l'autre rendu plus inconnu qu'avant cette reconnaissance. Il est plus inconnu parce qu'il est retiré dans son altérité. Mais ce retrait révèle le mystère de cette altérité : il ne le dévoile pas, il révèle au contraire qu'il s'agit d'un mystère – et que sans doute il n'est pas question de le dissiper.

*

À ce point se propose un autre nœud de significations : d'une part le portrait en tant

---

1. Jean-Christophe Bailly, *Le Champ mimétique*, Paris, Le Seuil, 2005, p. 45.

que ressemblance n'enveloppe la similitude de la copie au modèle que pour autant que le modèle lui-même *se ressemble*, c'est-à-dire est bien « lui-même ». Il peut arriver, nous le disons, que quelqu'un « ne se ressemble pas » (ou bien on dit aussi, d'un geste, d'une action : « cela ne lui ressemble pas »). D'autre part, le portrait en tant que substitution implique au moins à terme l'absence du modèle et donc virtuellement sa mort. Il se rattache ainsi à l'*imago*, ce buste en cire d'un ancêtre dont la confection, la détention et l'ostension formaient un privilège du patriciat romain.

Cependant le décès effectif n'est pas le seul horizon d'absence : le portrait implique une absence essentielle contemporaine de la présence vivante de son modèle. On ne compte pas toutes les réflexions inspirées par cet absentement consubstantiel à l'image, en particulier depuis l'invention de la photographie. Si le caractère le plus dramatique de l'absence offerte par le portrait tient à l'évocation de la mort – passée ou future – son caractère le plus inquiétant se trouve encore ailleurs : dans la possibilité que l'absence ne soit pas seulement absence du modèle pour le spectateur du portrait, mais absence à soi-même de son original.

Comment le *même* est-il le même que *lui-même*? Le portrait ouvre sur le trouble de cette interrogation, qui se présente conjointe au saisissement de la mort lorsque, de manière exemplaire dans l'histoire de l'art, de la religion et du portrait, sont attachés aux momies du Fayoum les portraits des défunts[1] (ce qui se répète parfois aujourd'hui avec des photographies posées sur les tombes ou devant les urnes). Nous savons que le ou la disparu(e) n'a plus ce visage qui pourtant a été le sien : nous ne savons donc plus vraiment ce que « le sien » veut dire.

La mêmeté de soi, ou l'ipséité, implique non seulement une stricte identité mais aussi son exclusivité et son authenticité : « soi-même » en appelle à une personnalité, à une autonomie, à une insubstituabilité. Comment former, comment figurer une substitution recevable et consistante de l'insubstituable?

À ce point il nous est suggéré avec une certaine brutalité que la seule ressemblance

---

1. Voir J.-Ch. Bailly, *L'Apostrophe muette*, Paris, Hazan, 1997. (Par ailleurs, ce livre pratique une herméneutique historique différente de celle dont je vais user ici, sans que les deux se contredisent.)

véritable d'un *ipse* avec lui-*même* ne peut être donnée que par son visage mort, et son seul portrait par son masque mortuaire[1]. Mais il en suit aussitôt le soupçon que tout portrait se comporte comme un masque mortuaire et convertit l'absence de la personne présente en présence de la personne absente. Présence d'un masque plutôt que présence masquée, c'est-à-dire présence qui ne recouvre rien ni ne manifeste rien que le creux de tout son volume. Pareille manifestation se trouve *ipso facto* douée d'une redoutable autorité : elle avertit le spectateur de l'ouverture en lui-même d'une absence semblable.

L'autre se retire dans l'abîme de son portrait – et c'est en moi que retentit l'écho de ce retrait.

II

C'est pourtant aussi bien de cet abîme que le peintre, le photographe ou le sculpteur

---

1. Sur ce point, on peut rappeler les analyses célèbres tant de Heidegger dans son *Kantbuch* que de Blanchot dans *L'Espace littéraire* ainsi que dans plusieurs réflexions sur le portrait disséminées dans des récits et d'autres textes.

s'emploie à le retirer. Mais il s'agit alors d'une opération tout autre que celle d'une copie ou d'un moulage. Le masque mortuaire ne montre rien de plus que l'aspect d'un visage mort, c'est-à-dire devenu étranger à lui-même. Cet aspect n'est pas sans enseignement sur l'aspect du mort – si on néglige les artifices qu'il faut employer pour rendre le moulage possible et acceptable –, mais il aggrave l'énigme de l'identité à soi.

Le portrait ne produit pas pour autant une résolution de l'énigme. En tant qu'il se comporte comme un masque mortuaire, il n'est lui aussi que le moulage de l'énigme comme telle. Mais en tant qu'il active le double processus d'« ex-pression » et d'« impression » des « traits » (lignes, traces, allures, modelés, façons, teints et teintes, tensions, attentions, hésitations, etc.), il élabore, il modélise, il figure – c'est-à-dire il fictionne – ce qu'on peut être tenté de nommer une « interprétation » de la personne portraiturée. On ne peut toutefois employer ce terme qu'à la condition de ne pas penser, selon un usage courant du mot, à une « interprétation » qui solliciterait de manière tendancieuse la donnée initiale. Car il n'y a pas de pure et simple donnée initiale, puisque l'*ipse* « en soi » n'est pas donné et ne peut l'être qu'infiniment absenté (mort ou *imaginé*).

Au contraire, l'interprétation dont il s'agit doit être comprise comme l'interprétation musicale d'une partition dont la seule lecture ne fait pas proprement entendre les sonorités, les couleurs, les vibrations. À ce titre, l'interprétation en tant que mise en jeu et en œuvre d'un sens qui ne lui préexiste pas – ou bien dont ne préexiste qu'une virtualité qui appelle et qui attend son actualité – constitue une propriété formelle de tout geste artistique : ce qui est à interpréter n'est pas donné, n'est pas présent avant l'interprétation ni en dehors d'elle. Tout ce qui relève de l'« art » relève d'une invention de sens qui ne s'achève ni ne se referme dans la forme exécutée, dans l'œuvre accomplie. Car l'œuvre essentiellement ouvre à la reprise, à la relance de son invention.

L'opération à laquelle le portrait se livre peut être désignée comme une caractérisation. Le *caractère* désigne d'abord (en grec) une empreinte, une marque distinctive imprimée sur un objet – en particulier sur une pièce de monnaie, où se trouvent en effet les premiers portraits de souverains, et sous l'aspect le plus propre à marquer un contour, à savoir le profil[1]. Le caractère est discriminant, propre, singulier, remarquable et pour tout dire… original. La caractérisation opère une configuration originale par laquelle se distingue une propriété singulière. C'est ainsi que le « caractère » désigne aussi bien un signe individuel à l'intérieur d'une écriture qu'un tempérament ou une personnalité dans son relief particulier.

C'est exactement de cette façon que Machiavel a pu composer des *ritratti* qui ne sont pas à proprement parler des descriptions mais plutôt des consignations d'observations et de réflexions tirées des légations et autres missions du chancelier de Florence. Elles portent toutes les marques de la sélection, du jugement et des intérêts de leur

---

1. On aura plus tard à revenir sur les diverses postures du portrait : profil (vu de l'avant ou de l'arrière), face, buste ou corps entier, trois quarts, voire… dos (comme Pline l'Ancien l'évoque d'un portrait d'Hercule par Apelle, longtemps avant que des artistes contemporains mettent en œuvre ce retournement). Ce parangon de la représentation semble aussi s'ingénier à compliquer ou même à décevoir le désir d'une ressemblance simple et claire.

auteur, pour lequel il ne s'agit pas de « représenter » mais de mûrir la réflexion en caractérisant l'expérience au profit d'un regard aiguisé sur le sort des cités et des gouvernements.

Tout portrait compose une caractérisation, une observation sélective, réflexive et interrogative qui s'emploie non pas à restituer mais à configurer un caractère – non pas *le* caractère supposé « véritable » ou « authentique » de celui qui est représenté, mais *un* caractère tel qu'il se marque et se distingue *pour lui-même*, produisant sa mêmeté, sa propriété, sa singularité *en soi* – dans l'en-soi du portrait ou comme cet en-soi, et non dans un supposé « sujet en soi ». De ce sujet, beaucoup de caractérisations, d'interprétations, de portraits sont possibles : à chaque fois il exhibe un nouveau caractère, une nouvelle variante, nuance ou tonalité au fond de laquelle *se retire* toujours plus l'« en-soi » ou ce qu'on pourrait nommer le « caractère absolu » du sujet.

Chaque caractérisation le caractérise donc en même temps comme *tel* – selon la qualité propre de tel portrait – et comme *autre*. Chaque portrait retrace de son trait singulier la mêmeté selon *telle* modalité et l'altérité inépuisable de son modèle.

*

Mais le « sujet » a une histoire : il n'a pas toujours existé ou du moins il n'a pas toujours été pensé, il *ne s'est pas toujours pensé comme* tel, ni pensé de manière constamment identique. Si le portrait est « cloué au sujet », comme le dit Schefer dans la phrase épinglée en exergue de ce livre, il lui faut rejouer au fil de l'histoire les modalités de cette fixation.

C'est ainsi que le concept même de modèle vacille à proportion de cette intrication de la mêmeté et de l'altérité, c'est-à-dire à proportion de l'écart à soi-même dont le portrait se fait donc le témoin. Au lieu « même » de cet écart, dans l'intervalle de soi à soi, dans la différ*a*nce de lui-même et par conséquent dans l'infini de sa présence-à-soi qui se creuse d'une absence propice à sa venue autant qu'à son départ – à la manifestation de sa figure sur son fond d'infigurable –, le portrait/*ritratto* compose une fiction qui fait sa vérité (il faut rappeler que « fiction » et « figure » sont de même origine et presque de même sens).

Le portrait est une fiction – c'est-à-dire une *figuration* non pas au sens de représentation mimétique d'une figure mais au sens beaucoup plus fort et actif de création d'une figure, de modelage *(fingo, fictum)* et de mise en scène d'une « figure » au sens de « personnage » ou de « rôle » et aussi d'« emblème », d'« expression » ou de « forme remarquable » (en tous les sens de « représentant » qui ont été signalés plus haut). Toutefois, la figure que le portrait doit proposer n'a pas à figurer ni à mettre en scène autre chose qu'elle-même. Lorsqu'il s'agit d'un personnage illustre, le portrait doit bien entendu faire valoir l'éclat de sa fonction (sa majesté, son pouvoir, sa notoriété) mais il ne peut se consacrer exclusivement à cette fin qu'en sacrifiant la figuration de la personne, de son intimité. Tout autant que la gloire publique, la palpitation intime demande à être figurée, fictionnée : la notoriété parce qu'elle participe par essence d'une projection et d'une symbolisation, l'intimité parce qu'elle se dérobe essentiellement à l'extériorité de la forme et de l'exposition. Les deux semblent se repousser l'une l'autre, mais chacune pourtant appelle l'autre en somme pour se soutenir : l'intimité veut être signalée, reconnue pour être respectée ; la notoriété veut qu'on la devine habitée par un secret.

III

De l'une ou de l'autre manière, pourtant, c'est à une réalité lointaine, inatteignable que le portrait est en quelque sorte adressé et qu'il est mesuré, pensé. C'est vers le recul, le retranchement ou le retrait d'une altérité qu'il est tourné et il n'est exposé à nos regards que pour nous manifester comment il est exposé à cette altérité. Plus exactement, c'est l'altérité de son « sujet » – au sens pictural, son motif, aussi bien qu'au sens ontologique, l'ipséité dans le motif – qui ouvre le retranchement et qui entraîne le retrait, le glissement interminable vers une profondeur dont la mince surface à deux dimensions indique qu'elle est insondable.

Cet insondable est ce que le portrait pénètre et expose. Rendre l'invisible visible passe le plus souvent pour une formule moderne. Mais la fameuse formule de Klee – « *Kunst gibt nicht das Sichtbare wieder, sondern Kunst macht sichtbar* » (« l'art ne restitue pas le visible, il rend visible ») – n'est proprement moderne que dans la mesure où, en 1920, on sentait encore la nécessité de s'arracher à une domination non artistique, voire désastreuse pour l'image publique de l'art, de l'imitation, du « rendu », du « naturel » et du « ressemblant ». Ce que Klee tenait à affirmer n'a jamais été ignoré des artistes. On ne pourrait même pas regarder les images qui nous restent du paléolithique si on n'accédait avec elles à une intelligence immédiate de ceci : ceux qui les ont peintes cherchaient à faire venir au jour un visible qui restait absent de tout le spectacle offert à la perception.

Le plus invisible à la perception n'est pas l'obscurité – car après tout nous la voyons, même si nous ne voyons rien en elle. C'est plutôt la vision elle-même, qui par définition ne peut se retourner sur soi. Il se pourrait que la problématique du rapport à soi, de la présence à soi et en soi, trouve son cœur dans le rapport du regard à lui-même. Plus qu'aucun autre sens, la vision s'échappe au dehors et s'écarte de son lieu d'exercice alors que l'ouïe, le toucher, le goût et l'odorat mêlent leur « dehors » à leur « dedans » et s'exercent entièrement dans un chiasme et dans une résonance de l'un et de l'autre. L'œil est comme perdu pour la vision parce qu'il est projeté et comme expulsé en elle ; il ne peut pas se voir et pourtant ce qu'il veut voir c'est la vision, c'est *sa* vision.

Peut-être faut-il considérer le portrait comme la façon dont le regard revient vers lui-même, non pas sur le mode d'un reflet mais sur celui d'une pénétration en soi qui rend visible plus que son aspect : cette invisibilité même à partir de laquelle il regarde, sa *macula*, sa tache aveugle – qui fait de son art une *tâche* aveugle, un labeur qui tâtonne dans l'abîme ténébreux du « soi » ou de l'« *ipse* ». Le portrait procéderait moins de la vision de face – celle du modèle par le peintre ou le photographe – que de cette improbable vision que pratiquait Descartes en regardant depuis l'arrière d'un œil de bœuf tranché à travers lequel il espérait voir comment l'œil voyait[1]. Aussi le regard d'un portrait se prête-t-il en

---

1. À la question du regard en tant que foyer du portrait est consacré *Le Regard du portrait*, Paris, Galilée, 2000.

retour à être reçu comme le plus pénétrant
– et le plus pénétré… – des regards, ainsi que
le donne à sentir Baudelaire en écrivant :

> Quand je contemple, aux feux du gaz qui le colore,
> Ton front pâle, embelli par un morbide attrait,
> Où les torches du soir allument une aurore,
> Et tes yeux attirants comme ceux d'un portrait[1]…

*

La logique que nous suivons conduirait
à dire que l'art visuel est « portrait » en totalité ou du moins en principe. Peut-être
en effet ne faut-il pas se refuser à cette conclusion. Il se pourrait bien que le cœur de
l'art visuel (c'est-à-dire aussi bien, sinon plus,
« visionnaire »…) soit constitué par une double instance : d'une part l'intervention active

---

1. Charles Baudelaire, *L'Amour du mensonge*, dont le titre indique bien l'objet : la tromperie de la séduction et le plaisir d'y céder. Si le regard d'un portrait attire mieux qu'un autre, c'est qu'il trompe – mais en manifestant l'attrait irrésistible et infini qu'on attend d'un regard.

dans le visible, c'est-à-dire le thème formel, la ligne brisée ou ondulée, la marque rythmique, l'élan de la ligne et l'éclat de la tache, et d'autre part l'œil s'éprouvant lui-même dans le mouvement ou la poussée qui tire la ligne, qui scande les plans et les rapports, qui jette la tache ou qui la dégorge. L'œil se retirant en quelque façon des vues projetées devant lui et palpant en lui-même la pâte et l'énergie de sa voyance – tout comme un portrait ne cesse de retirer en soi la vue qu'il offre à qui le regarde, une vue dont le portrait affirme pour finir qu'elle n'appartient qu'à lui, à l'obscurité au fond de ses yeux, et que c'est vers cette obscurité qu'est tendu le geste du portraitiste.

IV

S'il ne s'agit pas toujours ni d'abord du portrait au sens où nous le distinguons d'autres genres de représentation – paysages, scènes, objets, formes non mimétiques –, il se pourrait bien qu'il s'agisse d'un élément, d'une valence ou d'une pulsion qui intervient à travers toute espèce de proposition visuelle :

la visibilité de la visualité, et par elle une « visagéité » qu'on pourrait discerner aussi dans un paysage ou dans une nature morte. Pour nous contenter d'une formulation de ce motif important et déjà beaucoup travaillé, nous citerons ici Jean-Louis Schefer : « L'expérience de voir pose de façon complexe la question du sens, d'abord en ceci que la "chose" regardée, contemplée, n'est visible que par une espèce d'activité qui est en elle [1] ».

Qu'on regarde en effet l'activité – le regard – de ce paysage de Corot [2] :

1

---

1. J.-L. Schefer, *Figures peintes, op. cit.*, p. 145. Il faut aussi renvoyer au livre de Georges Didi-Huberman, *Ce que nous voyons, ce qui nous regarde*, Paris, Minuit, 1992.

2. Les références des œuvres qui illustrent ce texte se trouvent à la fin dans la « Table des illustrations ». Les auteurs et les titres de certaines apparaissent déjà dans le texte ; ce n'est pas le cas lorsque l'image vaut comme telle et sans une référence qu'il suffira de pouvoir consulter ensuite.

Mais restons-en pourtant au portrait plus « proprement » dit, même si on pourrait risquer d'affirmer que toute peinture (dessin, photo…) est « métaphore » du portrait.

Que le portrait soit associé au visage (ce dernier mot a d'ailleurs eu jadis le sens du premier : un *visage* fut un *portrait* avant d'être une *face*) ne signifie pas seulement que le portrait montre la face la plus visiblement individuante et expressive de la personne, mais que cette face est aussi celle sur laquelle paraît le regard. Le visage fait voir la vision qui cependant reste en lui invisible au sens strict car l'œil n'est pas encore « lui-même » la vision.

Si l'on doit observer que la peinture pariétale n'offre qu'un nombre extrêmement restreint de visages, on n'en doit pas moins souligner que les regards y sont nombreux sur toutes les têtes animales qu'on peut y voir, cerfs, bisons, chevaux, lions et autres.

2

Le fait que l'homme ne soit pas représenté donne une importance accrue à ces regards dont on devine combien les fixe celui qui les peint : il les « fixe » aux deux sens du mot, visuel (il les observe) et pictural (il en pose la touche) – et il fait ainsi venir au-devant de lui, dans le visible, la puissance de la vision elle-même et ce qu'elle retient en elle de tension, de traction, d'attraction et de contraction vers un dehors. Par là se révèle un « dedans », c'est-à-dire non pas une entité ni une région « intérieure », mais la totalité d'un corps projeté vers un ailleurs (proie, obstacle, menace…). Ce corps se révèle ainsi autre qu'il est en tant que simple présence ici ou là disposée : il s'avère ouverture d'un lieu, orientation et visée, rapport à quelque chose et à d'autres corps dans un monde.

V

Un portrait présente avant tout la tension d'un rapport. Non pas un rapport à « quelqu'un » – au contraire le rapport de deux personnes ne fait pas nécessairement un « double portrait » mais peut aussi bien offrir une scène, c'est-à-dire un récit, alors que le portrait ne raconte pas mais retient toute espèce de parole, narration ou déclaration pour entretenir plutôt un rapport exclusif à lui-même. Ce rapport à soi fait en même temps toute la substance du rapport au spectateur à qui on présente quelqu'un en tant que « soi » et non en tant qu'interlocuteur – sinon interlocuteur muet de lui-même. Pour le dire en ces termes : on me présente un « moi » (ou un « je ») et donc un autre moi et/ou le moi d'un autre...

Lorsqu'il s'agit d'un « double portrait », la scène qui est amorcée ou suggérée entre les personnages est en même temps suspendue, retenue au profit de deux présentations chacune référée à soi, et entre lesquelles il n'est pas même certain qu'existe un rapport indépendant du fait d'être ensemble exposés à notre regard.

Ainsi chez Giorgione (1502) – à la condition toutefois de considérer qu'il s'agit bien d'un « double portrait », comme la tradition l'indique, et non d'un instant isolé à l'intérieur d'un scénario que nous ignorerions. Mais cette remarque revient à insister sur le fait qu'un portrait doit être présenté comme tel et considéré en conséquence, alors qu'il peut toujours être une image soustraite à un contexte et à un enchaînement d'actions. Il y a bien des portraits dans des scènes de foules (on connaît les autoportraits de Raphaël, de Dürer, entre bien d'autres). Le portrait qu'on appelle « autonome » – supposé valoir exclusivement en tant que tel – n'est au fond qu'un concept-limite et lié à une pensée du « sujet » dont nous allons devoir parler.

3

C'est à ce titre que le portrait s'offre comme l'excellence de la ressemblance : ni un paysage ni une nature morte ne seront jamais dits « ressemblants » avec la force et l'intérêt qu'on met à le dire d'un portrait. Il nous paraît évident que la ressemblance d'une pomme ou d'un arbre n'est pas grand-chose à côté de la ressemblance d'un visage, alors même que si on s'en tient à l'exactitude de la reproduction d'une vision déterminée, il n'y a aucune raison de juger ainsi.

Mieux encore : le portrait semble essentiellement contemporain de l'invention grecque de la *mimesis*. Il n'est sans doute pas exactement présent dans la Grèce classique à la manière – qu'on dit volontiers « réaliste » – du portrait romain. Malgré des témoignages indirects sur certains portraits supposés représenter des personnages historiques, la figure humaine reste plutôt conforme à des canons qu'à des identités singulières. Il n'empêche que c'est par la silhouette d'une personne – le fameux fiancé de la fille de Dibutade – que la légende grecque fait commencer la peinture et que c'est aussi par la reproduction de « la forme et la voix » de Socrate – individu précis – qu'est caractérisée ce que Platon nomme « la *mimesis* savante », c'est-à-dire celle qui imite à bon escient[1].

---

1. *Cf.* Platon, *Le Sophiste*, 267a *sq.*

L'essentiel toutefois ne tient pas au « réalisme » dès lors que c'est bel et bien du visage et du corps humain[1] qu'il s'agit à la place des figures archétypiques ou hiérophaniques, parfois mi-animales, mi-humaines, qui nous semblent avoir précédé l'âge proprement mimétique en Occident[2]. L'essentiel de la *mimesis* n'est pas dans la reproduction de formes exactement identifiables : il se tient dans le fait d'aller chercher dans l'homme et dans le monde humain le témoignage de l'énigme (mystère, divinité, force, sacralité) que d'autres cultures vont chercher dans des formes humaines typifiées (par un hiératisme, un symbolisme), animales, végétales, minérales ou « abstraites » (motifs géométriques, ondulés, etc., et toutes non moins « typifiées »).

---

1. Du corps, donc nécessairement du visage, car la représentation délibérée d'un corps acéphale ne semble guère ni attestée ni imaginable – sauf représentation d'un supplice – avant une époque récente.
2. Ou en Orient, car la tradition chinoise offre sur la question du portrait des considérations qui ne sont pas étrangères à celles de l'Occident (*cf. infra*, p. 50, n. 1). La tradition indienne devrait elle aussi être revisitée à cet égard. Quant à l'Égypte ancienne, on y trouve des aspects mimétiques mêlés à des aspects « archétypiques » ou « hiérophaniques ».

Autrement dit, la *mimesis* ne peut pas être simplement comprise comme une abolition de la dimension hiérophanique : elle engage bien plutôt une métamorphose de l'acte que nous nommons « artistique ». Celui-ci a certes toujours possédé une dimension « esthétique » propre mais, même lorsqu'il semble, comme dans notre modernité, que l'esthétique sature entièrement ce geste, il n'en reste pas moins que sa portée ou ses enjeux sont autres. C'est même exactement pour cette raison que le mot « art » – terme dont l'usage actuel n'a qu'à peine deux siècles – ne cesse pas de relancer le défi de son sens, et non seulement comme une inquiétude sémantique, mais comme un défi désormais consubstantiel aux pratiques mêmes qu'il est censé désigner.

Prenons le risque de le dire de manière trop simple : la *mimesis* ne « figure » pas les dieux « sous des apparences » humaines. Elle fait venir la présence divine dans un apparaître qui est celui de l'homme, tout autant que la *politeia* fait paraître l'ordre de la communauté dans l'autonomie de la cité humaine et tout autant que le *logos*, loin de simplement détrôner le *mythos*, veut faire résonner la parole des origines en mode humain, autonome et reconnaissable.

Comme la politique et comme la logique, la *mimesis* porte postulation de l'autonomie. Tout portrait, en ce sens – c'est-à-dire aussi, comme on l'a suggéré plus haut, toute représentation –, est *autoportrait*. Cette affirmation bien connue est comprise à l'ordinaire sur un mode psychologique et réducteur, rapporté à une sorte de narcissisme constitutif du geste artistique (ou de toute production de forme). Mais en vérité, si la représentation postule toujours ses trois valeurs conjointes que nous avons précisées – figurer, interpeller, être mandataire –, alors il faut aussi considérer que cette triple fonction suppose en chaque aspect ce qu'il faut nommer une *autotélie*, une finalité placée dans l'*auto* ou le *soi-même*.

Autos est cela qui survient lorsque les dieux, c'est-à-dire les *autres*, sont retirés et ne font plus référence (sinon formelle, convenue), lorsque leur *mythos* est déclaré « fiction ». *Autos* survient exactement au lieu et dans le mouvement de ce retrait. Il en assume toute la force et toute l'énigme : c'est à partir de soi, et non plus des autres, que le langage doit parler, que la cité doit s'ordonner, que la figure doit se présenter. De soi *comme autre*.

VI

C'est là sans aucun doute une des manières de comprendre la parole de Pessoa selon laquelle la divinité des dieux grecs consiste dans leurs statues. Celles-ci ne la représentent pas mais la présentent ou la sont elles-mêmes. Pour Pessoa cela peut vouloir dire qu'il n'y a rien de divin hors de cette belle apparence, ou plutôt hors de ce beau paraître qui n'est pas phénomène posé sur une chose en soi mais qui est lui-même en soi, dans la tautologie de sa forme, tout ce qu'il y a de divin. Pour nous cela voudra dire un peu plus : le divin paraît dans la ressemblance à soi de la forme humaine.

Ou du moins désirons-nous qu'il paraisse dans cette ressemblance autonome.

Non pas donc, pour être très explicite, dans une figure qui serait censée donner une représentation analogique ou allégorique, une évocation ou une « idée » de la mystérieuse identité du dieu – mais de manière toute différente dans une figure qui se montre en tant que paraître d'un rapport à soi en lequel réside le divin.

Il faut pour étayer ce propos nous permettre un léger détour par une considération philosophique qui semblera extérieure à l'art mais qui donnera aussi la possibilité de comprendre comment arrive, avec la *mimesis*, la première forme de ce qui finira par devenir « l'art » en tant que catégorie spécifique. Il s'agit de ce qu'on a pris l'habitude de nommer le *sujet*. Ce terme a d'abord signifié la même chose que *substance* : cela qui est posé dessous et qui n'a rien d'autre en dessous de soi (on peut, de manière non technique, considérer « essence », « fondement » ou « nature » comme des équivalents). Mais *sujet* s'est tardivement spécialisé pour désigner ce qu'on entend par le « sujet » d'une conscience, d'une identité, d'une personnalité (et aussi par un « sujet de droit ») : l'unité insubstituable d'un « être soi », en tant que tel ne dépendant de rien d'autre (de même que la « substance » n'est elle-même supportée par rien).

Que la substance devienne sujet, cela signifie – comme le montre de manière éclatante le mouvement hégélien de « l'expérience de la conscience » – que ce qui est posé dessous, le *supposé* ou le *pré-supposé* d'une identité en forme de *ego*, n'est pas une simple chose mais est déjà, toujours déjà en soi un rapport, le rapport-à-soi qui est le sens même du « soi », sa nature et sa structure.

Le *sujet* n'advient qu'avec une culture déterminée : lorsque l'instance du jugement, l'instance de la culpabilité, l'instance du droit ou celle de la décision politique ne sont plus considérées comme données par un ordre antérieur aux personnes (individuelles ou collectives) mais par le fait d'un « soi » qui juge, agit, décide *de lui-même*. Cette culture est celle par laquelle le monde grec classique se détache des mondes antérieurs – impériaux, ruraux, théocratiques.

Le sujet est ce qu'il est *par lui-même* et *comme lui-même*. Sa vérité est dans sa « mêmeté » avant d'être dans sa place assignée par l'ordre social, religieux, ethnique. Le dégagement du sujet se fait bien sûr lentement, comme toutes les mutations profondes. Il connaît une première acmé avec le judéo-christianisme, une seconde bien plus tard avec l'humanisme. Ce qui doit nous intéresser ici tient au fait que *l'essence du « lui-même » exige que son identité, et donc son identification, procède de sa mêmeté.* Il ne s'agit plus pour « quelqu'un » d'être identifié par sa généalogie, son groupe, son totem, sa fonction, mais il doit au contraire être reconnu par lui-même et par les autres en tant que le même que soi.

On comprend que la possibilité du portrait est d'emblée engagée : le *même* est inhérent au *soi*, il est l'inhérence en quoi le *soi* consiste et qui implique rapport, renvoi de soi à soi, donc *mêmeté* à laquelle est inhérente sa propre altérité. Que le « même » soit reconnaissable du dehors[1] appartient bien sûr à l'expérience banale de la perception, mais que cette reconnaissance contienne aussi la reconnaissance d'une mêmeté essentielle de cet autre que je reconnais comme « lui-même », voilà qui est symptomatique de la première émergence du sujet, ou si on préfère de sa possibilité.

C'est pourquoi la raison donnée par Aristote du plaisir que les hommes trouvent à

---

1. Comme c'est le cas pour le Socrate du *Sophiste* rappelé plus haut.

la *mimesis*[1] ne prend son sens que dans ce contexte : il dit que nous sommes satisfaits de dire « c'est bien lui ! » – or cette satisfaction ne prend toute son intensité, et ne mérite ainsi de faire argument, que lorsque le « même » que j'identifie dans un portrait est tel non dans son seul aspect visuel mais en lui-même, dans l'invisible mêmeté que la *mimesis* doit donc faire voir – et même faire voir en tant qu'elle se dérobe.

Il ne faut pas objecter que la formule d'Aristote s'applique à toute espèce de représentation (y compris, comme il le précise, d'imitations de choses qui au naturel sont repoussantes). Aristote en effet ne parle pas spécifiquement du portrait ; il parle de toute représentation d'objet, mais c'est seulement à l'aune du portrait et de la visibilité d'une invisible mêmeté – ou identité – que son propos prend sa mesure. Aussi convient-il plutôt de comprendre qu'à partir de la situation ouverte sous le signe de la mêmeté-à-soi, toute représentation devient susceptible de fonctionner comme représentation *à un soi* d'un autre *soi*. Les peintures d'un casque, d'un cheval ou

---

1. Socrate, *Poétique*, ch. IV.

d'un fruit peuvent être dotées d'une façon d'« être-sujet » : j'y reconnais en effet ma propre faculté de reconnaissance, ma propre façon de me rapporter à moi-même dans l'acte de la représentation, et surtout j'y discerne avec la chose vue la façon dont mon regard s'affecte dans cette vision. C'est d'ailleurs seulement à partir de là que prend sa possibilité l'idée même de « représentation » telle qu'elle sera bien plus tard élaborée sous ce nom[1]. C'est de là aussi que procède la légitimité de la distinction entre l'« imitation » (la copie, la reproduction) et la *mimesis* dont il a paru nécessaire à la pensée contemporaine de reprendre le nom grec pour la distinguer de la simple réitération de l'identique[2].

Le portrait, dès lors, n'est pas seulement l'excellence de l'imitation : il est l'imitation de cela qui s'imite ou qui s'exprime soi-même dans son corps et singulièrement dans son

---

1. C'est-à-dire la présentation à un sujet.
2. *Cf.* J. Derrida *et al.*, *Mimesis des articulations*, Paris, Aubier-Flammarion, 1975 – et, au-delà de ce livre, de nombreux développements de la question « mimétique » chez Derrida et plus particulièrement encore chez Philippe Lacoue-Labarthe, dont la pensée de la « mimesis sans modèle » se trouve ici rejointe et confortée.

visage. Le portrait représente cette représentation-de-soi ou cette représentation-à-soi qui fait le « soi ». Autant dire dès lors qu'il représente la représentation d'un irreprésentable : ma mêmeté n'est pas une figure qu'il soit possible de produire au dehors comme une image, mais en même temps l'image de ma figure porte renvoi à la non-figure que je suis « moi-même ». Le portrait va de pair avec l'invention d'une « intériorité » qui devient l'« objet » de la *mimesis*, et qui le devient de telle manière que cette intériorité finira par être cherchée en toute *mimesis*, qu'elle soit d'un paysage ou d'un objet inerte.

Autant dire enfin que cette intériorité irreprésentable devient telle – indissociablement « intérieure » et « hors imitation » – parce qu'en se reconnaissant, elle se reconnaît hors de prise de toute saisie qui voudrait la modeler, en fixer les traits et les couleurs. Ce qui est hors de prise, c'est ce que faute de mieux on nomme le divin, ou encore cela dont « les dieux » formaient et parfois forment encore la fiction chargée de figurer une altérité hors de portée. Avec la mutation mimétique, cette fiction (qui avait pu prendre allure d'animal, de plante ou de rocher) se transporte dans le corps et dans le visage humain. Elle donne ces traits nouveaux à l'altérité et à l'étrangeté – voire à la monstruosité, au prodige ou à l'abîme – qui jadis revêtait tant de faces diverses. La figuration du sans visage devient le visage du sans figure [1] : le même lui-même, le « soi » tel qu'il s'excède infiniment. La formule complète en sera donnée lorsque Augustin dira de son dieu – et en s'adressant à lui : « Plus intérieur que mon intimité et plus élevé que le plus haut en moi [2] ».

S'ouvrira dès lors une autre dimension nouvelle : la représentation de ce dieu sera dite impossible et sa tentative interdite comme le blasphème nommé « idolâtrie ». L'idole (en grec *eidolon*, petite image) est l'image en tant qu'elle se donne pour présence du dieu. Or le dieu d'Augustin hérite de celui de Moïse, c'est-à-dire du dieu dont

---

1. Levinas accomplit une sorte d'excédence par renversement de l'art visuel lorsqu'il donne le nom de « visage » à l'invisible qu'il désigne comme « l'Autre ».
2. « *Interior intimo meo, superior summo meo.* » Saint Augustin, *Confessions*, III, 6.

la présence reste en retrait de toute (re)présentation, et ce dieu est aussi celui qui fait l'homme à son image. L'homme de ce dieu se conforme donc à un essentiel retrait de sa propre figure.

Alors que l'idole est l'image où le dieu paraît, le portrait pourrait se définir comme l'image qui se donne pour le retrait de ce dont elle est l'image – de manière conforme, du reste, au premier sens de l'*imago* qui est le moulage d'un ancêtre mort. Le portrait sera lié à la mort – passée ou future – de celui qu'il représente et il est tout à fait possible de dire que, dans le portrait occidental, « dieu est mort » avant la lettre, c'est-à-dire qu'il a perdu les caractères d'une présence côtoyant, surplombant ou bien affrontant celle des hommes. Le mystère est désormais dans l'homme – il est dans l'homme l'identité de l'autre de l'homme, et de cet autre que l'homme s'avère ou se soupçonne être : c'est sous ce signe que s'engage l'aventure si singulière de l'art occidental.

VII

La naissance du portrait[1] a donc lieu sous une double contrainte : représenter le visage de l'homme, par conséquent celui d'un homme déterminé, *et* le représenter selon la mêmeté du « soi » dont il est le témoin, l'expression, la révélation en somme, et aussi bien l'infigurabilité. La première direction va vers ce qu'on appelle le « réalisme », la seconde vers l'infigurable *soi* dont il faut en outre préciser qu'il est à la fois propre à chacun et commun à tous.

De cette manière intimement conflictuelle ou contradictoire se dégage dès la première

---

1. Comme on l'a vu et comme on ne va pas cesser de le voir, la problématique du portrait est indissociable de ses développements, complications et déplacements le long d'une histoire. Cette histoire est avant tout occidentale, et même en un sens qui tient à l'écart l'icône orthodoxe, que son caractère sacré soustrait aux questions de la représentation. L'histoire du portrait dans l'art chinois n'en a pas moins suscité des considérations comparables à celles de l'Occident quant à la distinction entre la reproduction de traits visibles et la transmission, notamment par le regard, d'un « esprit » (*cf.* Hubert Delahaye, « Faire un portrait » dans *Études chinoises*, vol. XII, n° 1-2, printemps-automne 1994).

histoire de la *mimesis* un mouvement double vers l'idéalisation, le canon de beauté (la légende grecque d'un portrait de femme réalisé à partir de plusieurs femmes réelles) et l'imitation de figures réelles peu conformes au canon.

Ainsi le portrait d'un athlète donne-t-il la représentation d'un corps déjà lui-même conformé à un certain idéal de force et de grâce, tandis que l'image d'un satyre grotesque peut orner un vase à vin.

4

5

Le portrait romain, fameux pour son réalisme, suivra quelques siècles plus tard (ici portrait de Maximinien du IIIe siècle).

6

De là provient une ambivalence qui a longtemps accompagné le portrait dans son histoire de la Renaissance jusqu'au XIXe siècle : en tant que représentation « réaliste », c'est-à-dire identifiable au titre de reproduction d'un aspect, le portrait pouvait passer pour une activité mécanique (au sens où on parlait des « arts mécaniques » distingués des « arts libéraux ») qui ne relevait pas de la grande peinture. Titien par exemple pouvait déclarer qu'il faisait des portraits par besoin d'argent et en dépit du caractère peu glorieux de cette pratique. Dans un autre sens, un portrait réaliste pouvait déplaire à un personnage qui voulait donner de lui une image avantageuse. On peut écrire toute une histoire des degrés de réalisme et d'embellissement flatteur dans les portraits de princes et de grands bourgeois.

Mais en même temps, des portraits comme ceux du Titien ou bien de Lotto, parmi bien d'autres, témoignent à l'évidence d'une *mimesis* soucieuse de la « mêmeté » ou, mieux, de l'« ipséité » en tant que véritable propos du peintre – ipséité elle-même ostensiblement insondable, comme chez ce jeune homme de Lorenzo Lotto :

7

Devant un tel tableau, l'idée courante du portrait se brouille : s'agit-il de représenter quelqu'un, de faire une sorte d'allégorie de la pensée, du souvenir ou de la mélancolie, de proposer une image de charme? Lotto était un peintre riche en symboliques plus ou moins ésotériques, mais bien d'autres portraits peuvent donner lieu à de pareilles interrogations. Il suffit de penser à Mona Lisa. Mieux : il est toujours possible de se demander si les personnages d'une scène de groupe, voire de foule, ne sont pas des portraits (tous ou certains) tout autant que rien n'assure qu'un portrait (comme ici celui de Lotto) n'est pas une figure inventée dès lors que rien n'est fourni pour permettre une identification.

Derrida notait[1] que rien ne garantit qu'un autoportrait en soit effectivement un, sinon une ou des attestations extérieures au tableau. Mais il en va de même, à peu de chose près, du portrait, dès lors qu'on ne dispose d'aucun moyen d'identification. La question est rendue plus manifeste encore dans le cas de portraits insolites tels que celui de la femme à barbe portant un enfant peinte par Ribera : la chronique du temps atteste son existence

---

1. Dans *Mémoires d'aveugle*, Paris, RMN, 1990.

mais elle pourrait être sortie de l'imagination du peintre.

8

Au demeurant, le caractère général du tableau, son atmosphère lumineuse ou sombre confèrent une tonalité particulière à chaque portrait – terme qu'il faut entendre ici à la fois au sens d'image, peinture ou photo, et au sens de « caractère, allure » de la personne représentée – et confèrent cette tonalité de telle manière que le portrait « lui-même », si on ose dire, devient une personne ou « la » personne réelle. C'est ainsi qu'on peut dire par exemple : « Ce portrait de Marilyn est un peu soucieux ». Aussi bien que : « Sur ce portrait, Marilyn est un peu soucieuse ».

9

VIII

Le christianisme, dans son tressage judéo-grec, a introduit une révolution dans la *mimesis* du visage humain – et de là dans la *mimesis* entière. Si l'homme est à l'image de Dieu, d'une part, et si d'autre part Dieu se fait homme, c'est-à-dire si Dieu se fait sa propre image mais dans la condition mortelle où celle-ci s'est placée par son péché, alors l'image de l'homme peut osciller entre la valeur divine et la valeur de la déchéance humaine.

En droit, l'image de Dieu est l'image de l'invisible dont il est exclu de se faire une image. Mais il ne faut pas confondre la première « image » avec la « seconde » : il y a là une série de considérations à faire tant sur les théologies que sur les sémantiques hébraïque, grecque, puis latine. Sans s'y arrêter on peut se contenter de préciser ceci : l'homme est « image » au sens de « ressemblance » tandis que l'« image » peinte ou sculptée supposée (re)présenter (un) dieu est une « idole » (terme grec de la famille de la vision mais qui traduit un terme hébreu différent de celui qui dit la ressemblance). La ressemblance au Dieu invisible consiste en une ressemblance à son activité – l'homme poursuit la création en peuplant la terre – et ne consiste pas en une reproduction de la présence divine. L'idole au contraire est l'objet (pas nécessairement figuratif) auquel on suppose une qualité divine et auquel par conséquent on peut adresser prière et respect. C'est en ce sens que le vrai Dieu n'est pas (re)présentable.

Le fils de Dieu, en revanche, l'homme Jésus, est représentable – c'est du moins dans ce sens que finiront par se résoudre les crises violentes de l'iconoclasme. Il n'est bien sûr pas représentable selon les traits inconnus du personnage historique, mais il l'est ou bien selon les traits d'un homme choisi comme modèle, ou bien d'après un visage composé selon une certaine idée ou un certain idéal de ce que devrait être cette humanité divine.

En l'an 1500, Albrecht Dürer se représente lui-même en se dotant de certains attributs que la tradition a fixés comme christiques (chevelure, vêtement, geste). Ce propos qui pourrait passer pour impie, voire blasphématoire, peut au contraire découler – dans l'âge du premier humanisme et peu de temps, en somme, avant la Réforme – d'une théologie spirituelle pour laquelle tout homme participe du mystère de l'Incarnation qui trouve même là sa pleine vérité[1]. Cette théologie entraîne une esthétique : si d'une part il est clair qu'il n'y a pas de portrait du Christ, il est d'autre part non moins clair que le portrait d'un homme ouvre à quelque chose du divin, et singulièrement dans le portrait du peintre si ce dernier ravive en peignant le geste de la création ou bien reçoit son art de Dieu lui-même

---

1. Sur cet autoportrait on peut lire l'analyse de Hans Belting dans *Das echte Bild*, Munich, C.H. Beck, 2006.

(or telle est bien la pensée que Dürer a consignée dans certains écrits). Cet autoportrait théophanique semble être le seuil de l'histoire de l'art dans la pleine autonomie de son concept, mais il énonce aussi bien une question cruciale : ou bien le sujet peut se voir en dieu (selon les deux sens possibles de l'expression), ou bien il risque de ne pas se voir du tout.

10

Avec la Réforme se produit ensuite un double mouvement qui témoigne de la secousse ainsi survenue au sein de la *mimesis* : d'une part s'affirme une présence de l'homme dans le monde dont témoigne, comme on le sait, la peinture allemande et flamande, d'autre part se rejoue un geste iconoclaste qui va parfois jusqu'à détruire ou bien, détail remarquable, jusqu'à énucléer les regards des images de Dieu, du Christ ou des saints. Tendanciellement, la quête de l'*autos* se trouve distendue entre une figuration sans transcendance et une transcendance infigurable, ou bien aussi entre l'homme quelconque, indiscernable de tous ses semblables – ressemblance indifférente – et l'homme exceptionnel que traverse l'esprit – ressemblance de la différence même. En même temps, l'intensité des luttes politico-religieuses ou socio-théologiques se déploie grâce à l'imprimerie dans une prolifération de portraits destinés soit à célébrer soit à flétrir (par la caricature) l'image des protagonistes[1].

Peut-être est-il permis de ressentir cette tension dans la poursuite par Rembrandt

11

---

1. Voir H. Belting, *Das echte Bild. op. cit.*, ch. IV.

d'une quasi-interminable variété d'autoportraits dans lesquels il ne cesse de *se rendre* autre (aux deux sens de « se restituer » et « se transformer ») : autre que soi en soi, rabbin, philosophe, Turc, vieille femme...

IX

Beaucoup plus tard, un artiste comme Urs Lüthi s'est employé à représenter en plusieurs étapes sa propre métamorphose d'homme jeune en femme âgée[1].

12

---

1. À propos de cette œuvre, lire Philippe Lacoue-Labarthe, *Portrait de l'artiste en général*, Paris, Christian Bourgois, 1999.

De Rembrandt à Lüthi, ce qui a le plus changé pourrait bien être la tonalité affective du portrait. Ce qui, chez le premier, reste sur le registre d'une affirmation dont l'assurance ne peut pas être profondément ébranlée par des suspicions d'angoisse qui, quelle que soit leur éventuelle légitimité, vont chercher plus derrière le tableau qu'en lui, dans une supposée psychologie. Le second en revanche, dans le déroulé des phases de transformation, peint expressément une intranquillité, un doute au sujet de cela – celui, celle – qui se donne à voir se voyant lui-même et qui de ce fait ne se reconnaît plus.

Mais le doute ou le tremblement de Lüthi ne revient pas pour autant à une psychologie figurée. Il ne s'agit pas de psychologie : il s'agit d'un déplacement du schème de la *mimesis* et, en elle, de la forme qui soutenait et qui appelait le portrait. Ce déplacement est sans doute déjà au travail chez Rembrandt, il a peut-être en fait toujours déjà travaillé plus ou moins secrètement l'élément formel de la *mimesis*. La « crise » de la « représentation » et la déstabilisation ou la déprise de la figuration ne sont pas simplement des évènements survenus avec l'histoire contemporaine – au sens large et historien du terme. Ce sont, l'ordre et le mouvement de notre exposé l'auront fait comprendre, des forces au travail dès la formation du régime mimétique. Le portrait, toujours « autoportrait », contient d'origine la difficulté, sinon la contradiction de l'*auto* qui ne peut se poser sans se découvrir autre, ne serait-ce que dans le geste de se disposer en face de soi. La statue d'Apollon est bien le dieu lui-même, comme l'affirme Pessoa, mais ce dieu à l'image de l'homme inquiète déjà l'homme qui pourrait n'être donc qu'une statue muette, une idole…

C'est pourquoi le dieu-fait-homme nommé Jésus-Christ répond à une relance exacerbée de l'attente mimétique en ce qu'il suscite la quête singulière d'un portrait qui ne serait ni mimétique ni artistique mais ne relèverait que de la propre empreinte de la face même : c'est la légende du voile de Véronique, dont le nom a suscité le jeu de mots « *vera icona* ». La véritable image ou l'image authentique[1] – et qu'on pourrait aussi nommer l'image automatique : celle où l'*auto* se

---

1. C'est le sens du titre de Hans Belting qu'on a cité plus haut, *Das echte Bild*.

présente de lui-même, sans médiation ni figuration, et qui relève de la trace laissée par contact. Mais cette trace fait image, ce qui veut dire que pour n'être pas représentative elle n'en est pas moins tournée vers un spectateur et en somme destinée à lui : l'immédiateté supposée s'avère faite d'un détour destiné à garantir la représentation en neutralisant sa valeur figurale mais en conservant ses valeurs d'interpellation et de mandat.

Le fantasme de l'image authentique ne fait que mieux ressortir l'impossibilité d'une attestation visible du « soi-même ». La forme qu'on pourrait dire *autopoïetique* (ou autoproductrice) et *autoiconique* qui gouvernait silencieusement le portrait au cœur de la *mimesis* se trouble et finit par se déliter : l'autonomie du sujet se met en doute – c'est au fond l'acte extrême par lequel elle s'affirme en se déposant – et avec ce doute commence à s'effacer « la figure de l'homme »[1].

La « mort de Dieu », il ne faut pas s'y tromper, est avant tout la disparition de l'homme, d'une forme idéale de l'homme en

---

1. *Cf.* la fin célèbre du livre de Michel Foucault, *Les mots et les choses.*

tant que sujet – du monde, de l'histoire, de soi, de son image et donc de sa présence comme de son absence. L'autre – celui dont on fait le portrait – se soustrait ostensiblement à la mêmeté : c'est peut-être déjà la leçon de Rembrandt, c'est sûrement celle de l'*Autoportrait à la palette* de Cézanne

13

dans lequel la ressemblance des traits et de la posture du peintre semble servir avant tout à baliser l'espace d'un immense et intense jaillissement de lumière qui n'est pas sans évoquer le fond d'or des Primitifs italiens et des icônes byzantines ou la lumière dorée qui baigne la face du sujet de l'*Autoportrait* de 1500.

Mais ici le « soi » du peintre se retire en quelque sorte ouvertement dans sa (re)présentation, car dans celle-ci l'(auto)portrait ne sert que de prétexte – avec rappel d'une tradition – à la forte coloration qui n'est pas du tout l'arrière-plan mais la vraie substance du tableau. Or cette couleur, ce jaune (exceptionnellement éclatant chez Cézanne), il ne s'agit pas de le reproduire, il s'agit de le produire, en tant que couleur et en tant qu'espace – couleur et espace non pas uniformes mais qui se donnent à voir en variations, nuances, contrastes qui composent leur topographie propre. Ce « propre », pourrait-on dire, est celui qui vient à la place du propre autonome d'un sujet.

Sans doute, il faut redire que le sujet s'est toujours-déjà retiré et altéré (voire aliéné, devenu étranger ou bien affolé…). Toutefois son retrait pouvait – et devait – ouvrir sur un mystère, selon la logique de l'*interior intimo* ouverte (et fermée ?) par Augustin. Le mystère selon sa valeur aussi bien antique que chrétienne est le processus d'un dévoilement (même si, en mode chrétien du moins mais peut-être en tout mode, il dévoile un voilement renouvelé à l'infini). La « révélation » ne consiste pas simplement dans la levée d'un voile, mais bien plutôt dans l'ostension du voile lui-même en tant que lumière : le voilé se montre en tant que voilé et dans la vérité du voile qui adhère à la « chose » sous lui – au « sujet » –, la dissimulant *et* la situant, désignant sa forme dans une esquisse vague, sa présence dans son imminence, son attrait dans son retrait [1].

Dans un régime de révélation (auquel, encore une fois, on peut penser que le christianisme apporte un comble, non une absolue nouveauté), le mystère inhérent au retrait tient en réserve une clarté supérieure. Le sujet s'y illumine comme le fait le visage de Dürer, d'une lumière divine qui est identiquement celle de la peinture (geste du peintre, matière colorante, invention, émotion) et celle de l'homme (celui-ci comme tous). Cette lumière n'est pas explicative ni démonstrative

---

1. On pourrait ici dériver en direction du thème des images voilées/dévoilées et de la puissance active, contagieuse, menaçante, reconnue aux images par une tradition immémoriale et jamais éteinte (*cf.* la formule notée par Vinci qui fait dire à une image voilée : « Ne pas dévoiler si tu tiens à la liberté car mon aspect emprisonne l'amour », ici cité d'après Horst Bredekamp, *Theorie des Bildakts*, Berlin, Suhrkamp, 2010, p. 17, ouvrage dans lequel on trouve de très riches matériaux au sujet des puissances actives de l'image et singulièrement de son regard).

– elle n'est pas cognitive – mais elle est monstrative et elle est pensante, elle se pense en se montrant (c'est ainsi qu'elle est *cosa mentale* selon le mot fameux de celui de qui Dürer a tant appris). La *mimesis*, ici, se pense en sa vérité sans modèle donné et dont le vrai modèle est dans son exécution même.

Rembrandt, une fois de plus, forme peut-être le moment d'inflexion où la révélation de l'(auto)portrait *vire*, s'il est possible de le dire ainsi. Elle ne s'abolit pas, elle ne se perd ni dans l'obscurité ni dans l'éblouissement (ni dans une perte ni dans un triomphe de « l'homme »), mais elle s'indécide entre une possibilité encore divine et une autre pour laquelle l'« humain » perd de son évidence. (N'oublions pas les *Leçons d'anatomie*…)

Cela qui en tant que mystère était clarté spontanée, *auto*suffisante, pensée ostensive d'un sujet ou exposition d'une autonomie, devient énigme fuyante, complexité irréductible, étrangeté inquiétante ou grotesque (autonomie ou anatomie ?). Les portraits de Goya sont les premiers témoins d'un réalisme où se brouille la majesté iconique des Princes aussi bien que s'y traduisent les souffrances de la guerre, de la folie ou de la misère. Le « réalisme » signifie moins à cet égard le rendu précis d'une observation objective que la *mimesis* d'une opacité, voire d'une impénétrabilité du réel – d'un réel qui n'est pas celui d'un visage sans être en même temps celui de sa socialité, de ses affrontements, de ses expositions aux autres.

Le sujet *vire,* peut-on dire une fois encore – le sujet, l'individu, le *socius,* l'homme enfin. Il vire du clair à l'obscur, du distinct au confus. Il perd son auréole, comme le raconte le poète chez Baudelaire :

> Tout à l'heure, comme je traversais le boulevard, en grande hâte, et que je sautillais dans la boue, à travers ce chaos mouvant où la mort arrive au galop de tous les côtés à la fois, mon auréole, dans un mouvement brusque, a glissé de ma tête dans la fange du macadam. Je n'ai pas eu le courage de la ramasser [1].

---

1. Ch. Baudelaire, « Petits poèmes en prose », 1862.

X

La perte de l'auréole chez Baudelaire pourrait avoir comme répondant en peinture les nombreux crânes peints par Cézanne, souvent seuls (« autonomes »), parfois accompagnant un portrait. Le crâne décharné avait été un signe privilégié du genre dit « vanité ». Soustrait au discours religieux, il semble qualifier le sujet non dans la perspective de son destin mais dans l'actualité même de sa présence. On suggérerait ainsi que l'auréole – la possibilité, tout simplement, d'une dignité divine ou d'une consécration – n'était pas autre chose, pour le portrait, que la possibilité de peindre la présence au fond du sujet, fût-elle mystérieuse ou même précisément dans son mystère (aussi bien social, hiérarchique ou héroïque, que personnel, spirituel ou sensuel).

Il faut alors comprendre comment c'est un même mouvement qui vient troubler le portrait et retourner la peinture comme le fait Cézanne (non seul, ni d'un seul coup, mais on se contente ici de son nom). La peinture, et avec elle la photographie, passe – si on peut le dire ainsi – de la sensibilité à la sensation (ce mot tellement cézannien) : c'est-à-dire qu'à la saisie et à l'élaboration par le peintre de formes et de valeurs doit succéder un affrontement de l'épaisseur obscure d'un réel où il s'agit à la fois d'arracher et de produire ce qui est nommé « sensation », mais qui ne l'est qu'en étant aussi bien « conception » et « construction ». Ce qu'on pourrait encore essayer de dire ainsi : la composition n'est plus celle du tableau, mais celle du réel (et cela vaut aussi bien pour la photo, comme cela vaudra pour le film)[1].

Simultanément, donc, le portrait n'a plus à capter un mystère offert au fond d'un visage – et la peinture/photo[2] n'a plus à saisir et à interpréter les jeux délicats de la lumière et de l'ombre, des teintes et des modelés. Cette simultanéité, d'ailleurs, doit sûrement être comprise sur fond d'identité : celle d'une *mimesis* en quelque façon assurée de l'identité

---

1. On se réfère ici à Éric Alliez, avec la collaboration de Jean-Clet Martin, *L'Œil-cerveau – nouvelles histoires de la peinture moderne*, Paris, Vrin, 2007, dans la partie sur Cézanne, et en particulier aux p. 415 *sq*.

2. Il est remarquable que la photographie, « inscription de la lumière » d'abord reçue comme une nouvelle manière de « l'image authentique », s'est en fait très vite comportée moins comme un enregistrement que comme une construction de l'espace et de sa lumière.

et de la propriété d'un modèle, fussent-elles divinement infinies dans leur teneur ultime. Désormais au contraire la *mimesis* qui se sait sans modèle, au lieu de reproduire se produit au sens le plus fort du mot : se porte dehors, en avant, devant soi non au sens d'une vue posée devant un regard mais au sens d'une vision qui sort du regard pour aller se former et se trouver dehors.

C'est alors que la *mimesis* commence à se savoir expressément sans modèle, devenant au contraire son propre modèle c'est-à-dire *se modelant* elle-même (ce qui n'est pas un jeu de mots puisque « modèle » et « modeler » procèdent de la même sémantique du *modus*, la mesure sur laquelle on se règle).

Si la représentation se modèle elle-même, si elle se représente (se figure, s'interpelle, se mandate), alors cela veut dire que c'est elle qui devient « sujet » : il n'y a plus de sujet de la représentation ni de représentation du sujet. C'est ainsi qu'on peut comprendre qu'un autoportrait puisse devenir le schème d'un visage traité à la manière propre du peintre, ainsi que le fait par exemple Miro dans son autoportrait de 1937 :

14

Ou bien qu'il présente le visage comme indissociable de la manière non figurative, comme c'est le cas de l'autoportrait de Mondrian en 1918 :

15

Une sorte d'« autoportrait » de la peinture/photo elle-même marque sans doute de manière assez importante l'histoire du portrait dans la première moitié ou les deux premiers tiers du XXᵉ siècle. Mais après tout, Artemisia Gentileschi s'était déjà représentée elle-même en allégorie de la peinture. Il se peut que la peinture d'un portrait et le portrait de la peinture soient toujours plus ou moins secrètement liés. Cependant l'histoire du portrait en tant que tel ne s'en poursuit pas moins en continuant à dévider le fil de la *mimesis*, et lorsque la peinture se représente à elle-même détachée de la figuration, alors elle s'accompagne forcément d'une mise en question de la figure humaine – ce qui veut dire aussi, ou plutôt, une mise en question de la possibilité de considérer dans cette figure quelque chose comme un mystère divin, fût-il, bien entendu, parfaitement profane.

Désormais ce n'est pas dans la ressemblance de la figure humaine que peut transparaître un mystère ou une énigme dont il faut comprendre que s'y jouent en même temps une question de « l'humain », une question de l'« art » et une question du « mystère » comme tel, c'est-à-dire de la possibilité d'une manifestation de l'impénétrable ou de l'imprésentable – d'une « âme » sinon d'un secret divin.

XI

C'est sur ce fond qu'il faut distinguer de manière différentielle le proprement contemporain qui est notre objet et auquel nous allons aboutir – le tournant du XXe dans l'ouverture du XXIe siècle – du « contemporain » qui s'est déjà si l'on peut dire déposé. Celui-ci pourrait être caractérisé, quant au portrait, par diverses formes de surcharge de l'énigme – pour reprendre le terme que nous avons distingué du mystère. Contentons-nous de les évoquer de manière elliptique, à défaut de pouvoir y consacrer ici l'étude détaillée qui s'imposerait.

Cette histoire se déroule, bien entendu, sur le fond du déploiement de ce qu'on a nommé « l'abstraction » ou bien, d'une manière qui convient mieux à notre propos, la « non-figuration » dans laquelle se laisse déchiffrer le prolongement d'un mouvement dont la possibilité est ouverte par Cézanne aussi bien que par Malevitch. La non-figuration exclut par définition le portrait avec et plus que tout autre genre de figuration. Il en est d'autant plus remarquable que dans ce contexte même le portrait ait continué à être cherché.

Qu'il s'agisse de l'« abstraction » ou de toutes les autres formes de déplacement, de bouleversement ou de mise en question des références de la figuration traditionnelle, une exigence ou un souci du portrait fait régulièrement retour – et d'une manière singulièrement insistante si on compare au portrait le paysage ou la nature morte, pour ne rien dire des scènes de toute espèce. La question de la *mimesis* continue à se poser à son sujet ou à travers lui, et cela alors même que le portrait photographique pourrait sembler prendre en charge le genre : mais il ne le fait, précisément, que de deux manières : soit en se limitant au rôle documentaire du portrait, soit, à l'inverse, en traitant celui-ci selon une interrogation de l'énigme du sujet, ce qui reconduit la photo près de la peinture.

Lorsque la demande mimétique s'adresse au cœur de la *mimesis*, à la figure humaine, en régime de désertion du divin d'une part et de non-figuration d'autre part, le portrait ne peut que s'exposer à la défiguration ou parfois à la surfiguration. Picasso aura suffisamment suscité de commentaires sur l'inhumanité de ses figures humaines pour qu'il soit utile d'y revenir. Quant à la surfiguration, on peut la trouver dans l'hyperréalisme sous ses diverses variantes : la peinture d'après photo ou bien l'image surcodée de la publicité veulent convaincre de l'annulation de toute subjectivité ou de toute présence dans l'excroissance envahissante de son paraître.

En 1911, Duchamp peint un tableau dont le titre est éloquent : *Yvonne et Madeleine déchiquetées.*

16

Les « déchiquetages », décompositions, déconstructions, défigurations de la figure humaine et donc du portrait se poursuivront comme on le sait à travers l'histoire du XXe siècle qu'il est inutile de rappeler ici. Ce qui importe dans cette histoire est la conjonction – par convergences, parallélismes ou croisements – de transformations et de bouleversements qui traversent la civilisation européenne comme telle et qu'il est presque impossible de répartir en domaines supposés distincts tels que l'« esthétique », la « politique » ou la « philosophie ». C'est du rapport du « sujet » à lui-même qu'il s'agit, sous toutes les faces qu'il peut offrir (sociale, symbolique, psychique, sensitive, etc.) et par conséquent c'est de la « figure » aussi qu'il s'agit en toutes ses significations. La visibilité d'un visage, l'épiphanie d'une « conscience » ou d'un « esprit », le façonnement et la fiction de modèles : tout est pris dans un maelström au cœur et au creux duquel disparaît l'idée même de ce qu'on pourrait appeler, en se servant d'expressions de Freud, « l'idéal du moi » aussi bien que « le moi idéal »[1].

En introduisant ces notions, Freud représente en outre l'intersection de toutes les lignes de force qui traversent le sujet humain dont il déclare qu'il a subi dans l'âge moderne trois blessures narcissiques qui portent les noms de Copernic (fin du géocentrisme), de

---

1. *Cf.* Sigmund Freud, *Une difficulté de la psychanalyse*, dans *Essais de psychanalyse appliquée*, tr. fr. M. Bonaparte et E. Marty, Paris, Gallimard, 1933.

Darwin (provenance animale de l'homme) et de Freud lui-même (étroitesse et faiblesse de la conscience). Mais il ne suffit pas d'en rester à ce qu'il nomme dans le même texte « l'illusion du narcissisme ». Dans l'effondrement de la possibilité d'un face-à-face de l'« auto » se dessine – c'est le cas de le dire – un autre enjeu, qui est celui d'un renouvellement profond de ce qui avait toujours fait mystère, énigme ou secret au sein du *même* en tant que reconnaissance de soi. L'*autre* dont nous avons dit qu'il avait été le « divin » fictionné dans la *mimesis* du corps-visage humain se fait maintenant connaître (si on peut employer ce mot) simultanément comme dépourvu des caractères d'un être essentiel, voire suprême (tel que le dieu avait pu être conçu en régime monothéiste, c'est-à-dire aussi tendanciellement aniconique) *et* comme porteur d'un mystère en définitive plus mystérieux, plus insondable et par conséquent aussi plus exigeant, voire plus intraitable (plus inhumain…) pour le désir qui cherche une face à regarder.

La peinture et la photographie s'engagent ainsi dans une exploration dont ni la psychanalyse ni même, en toute rigueur, la philosophie ne sont capables. Ce qui se joue avec *l'autre portrait* dans l'exercice duquel on est entré, c'est en effet un *retrait de l'autre* et donc un *retrait du portrait* (dans le portrait « même »). Une *Tête d'otage* de Fautrier, peinte en 1945, peut être ici proposée comme emblème :

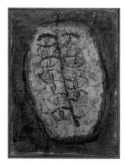
17

À côté de toutes les analyses nécessaires et connues de cette série d'œuvres de Fautrier – et d'autres œuvres d'autres peintres ou photographes de la même période, par exemple cette *Solitude* d'André Kertesz –

18

il faut, bien entendu, interroger la très remarquable insistance d'une figure humaine qui non seulement persiste et insiste jusque dans son effacement, son éloignement et son brouillage, mais qui demande encore – c'est-à-dire *à nouveau, à neuf* – de trouver un regard pour lequel et par lequel elle ne soit ni raidie en idéal ni plongée dans un « réel » épais mais *reconnue* pour ce qu'elle porte – ou qui la porte – d'autre que l'identité accomplie d'une forme close sur soi.

Dans un article de 1929 intitulé « La Figure humaine[1] », Bataille avait pu écrire qu'il convenait de « réduire l'apparition du moi à celle d'une mouche sur le nez d'un orateur ». On ne pouvait mieux résumer une situation qui ne peut être qualifiée de « crise » mais seulement de trans-formation intégrale des données d'une culture et des repères d'un monde. Mais si la trans-formation ou « la

---

1. Dans *Œuvres complètes*, t. I, Paris, Gallimard, 1970, p. 181-185. Georges Didi-Huberman a donné à cet article une place déterminante dans son livre au titre et au contenu particulièrement suggestifs pour notre propos : *La Ressemblance informe ou le gai savoir visuel selon Georges Bataille*, Paris, Macula, 1995.

métamorphose des formes »[1] ouvre la possibilité de l'in-forme, elle n'en engage pas avec moins de force le désir – non de re-former mais de fouiller l'informe au nom d'une « figure » qui « ne saurait s'absenter absolument de notre monde »[2]. Dans la défiguration se cherche une transfiguration qui certes ne doit rien à la valeur religieuse où, le plus souvent, ce mot est retenu captif, mais qui signale l'éclat d'une présence surprise dans l'absence, d'un passage, d'un rêve où se fait reconnaître non pas « la réalisation d'un souhait » mais le réel d'un désir en acte. Par exemple celui de Jackson Pollock peignant *Portrait et un rêve*.

19

Il faut penser que lorsque les figures divines sont entièrement effacées, lorsque les

---

1. G. Didi-Huberman, *La Ressemblance informe…*, *op. cit.*, p. 167 *sq.*
2. *Ibid.*, p. 167.

arts ne peuvent plus orienter la représentation sur une gloire mythologique – qu'elle soit religieuse, héroïque, historique ou morale – la figure humaine qui avait acueilli l'étrangeté glorieuse demande obstinément une autre reconnaissance de l'altérité qu'elle se sent porter et sans laquelle – fût-elle privée de gloire, indéchiffrable, impénétrable – elle ne peut toucher au minimum d'ipséité qu'il faut pour exister. Comme l'écrivait en 1992 Alain Buisine à propos de la persistance du portrait (et plus particulièrement chez De Kooning) : « Il n'y a ni abandon de la figure ni retour de la figure, simplement persistance de l'inaugurale vision » – vision qui est celle que De Kooning « lui-même appelle *a glimpse*, une vision fugitive, floue, latérale ». Et Alain Buisine conclut : « Peut-être est-ce justement cela un visage quand nous le découvrons dans sa vérité : une impression aussi fugace que tenace »[1].

---

1. Alain Buisine, « L'indéfigurable même », dans *Le Portrait dans l'art contemporain – 1945-1992*, catalogue de l'exposition organisée sous ce titre par le Musée d'art moderne et d'art contemporain de Nice en 1992, p. 36. Ce catalogue constitue au demeurant un excellent ouvrage de référence pour la période indiquée.

XII

Le moment et le mouvement de la défiguration – pour faire de ce mot un résumé – se sont poursuivis, se poursuivent devant nous[1] sur des modes divers mais dont on peut penser qu'ils ont en commun quelque chose d'une trans-figuration au sens que je viens d'esquisser : un passage, une fugacité et une incertitude, la fragilité d'un effleurement ou d'une allusion. Le portrait ne cherche pas à capter l'identité d'une figure – ni dans une figure : il laisse plutôt s'approcher puis s'éloigner quelque chose où il s'agit moins d'identité que de présence au sens où celle-ci ne s'identifie pas à la pure position, à l'être-ici dûment repéré, assigné à sa place, mais d'une façon tout autre *se présente*, s'avance et paraît dans une actualité qui ne peut être déposée et fixée. Le portrait reste immobile, assurément – et même le mouvement d'une caméra vidéo ne le distrait pas du retrait dans lequel il *se tient* en somme par

---

1. Bien entendu, et malgré l'indication donnée plus haut sur l'enjambement du XXe au XXIe siècle, il ne peut pas y avoir de simple succession. Tout commence et tout se poursuit avant et après des repères qui restent approximatifs.

définition – et pourtant cette statique s'avère essentiellement dynamique et même fuyante, fluide ou volatile.

Si l'« autre » – c'est-à-dire celle/celui dont on cherche l'image – se retire dans le portrait, dans *son* portrait, c'est moins pour abriter au fond de ce retrait le secret d'une identité mystérieuse et fascinante que pour partager avec nous, qui le regardons, l'étrangeté qui n'est la sienne qu'en étant aussi bien la nôtre.

20

Deux dimensions particulières se laissent deviner. D'une part le portrait s'accepte plus ostensiblement en tant que portrait – d'autre part nous y cherchons moins une mêmeté, ou une identité, qu'une altérité ou une altération de l'identique.

Que le portrait s'accepte plus visiblement en tant que tel, cela tient au fait qu'il s'est débarrassé aussi bien des exigences extrinsèques de la figuration (la manifestation d'un rôle, d'un pouvoir, etc.) que de celles de la ressemblance : nous avons compris de manière explicite ce que les arts visuels avaient de toujours intimement su, c'est-à-dire que la *mimesis*, même lorsqu'elle renvoie à un modèle, ne cherche pas l'imitation de la morphologie (de la *morphè*, qui est la forme des contours) mais celle de la forme « intérieure », de l'« âme » du modèle, forme qui se nomme *idea*[1]. L'« idée » n'est pas une notion ni un concept, c'est la forme visible (*idea* appartient au lexique grec de la vision) de cela qui n'est pas d'abord donné comme apparence. De cela, donc, qui se donne bien plutôt comme le *paraître* – non l'apparaître ou le sembler, mais le venir-en-présence, le se-montrer. L'image dans sa valeur véritable n'est pas une illusion mais ce n'est pas non plus une simple présence : c'est une venue, c'est un mouvement, une avancée ou une montée depuis le fond.

---

1. *Cf.* le livre homonyme d'Erwin Panofsky, *Idea. Contribution à l'histoire du concept de l'ancienne théorie de l'art*, tr. fr. H. Joly, Paris, Gallimard, 1983.

Nous savons cela de manière plus sensible, plus palpable en quelque sorte – ce qui ne veut pas dire que l'art ait jamais pu l'ignorer : tous les traits des arts d'aujourd'hui ont aussi travaillé les arts de jadis, mais selon d'autres variations, d'autres modulations. Aujourd'hui est en jeu un déplacement du sujet auquel le portrait est « cloué » : la question du portrait contemporain est la question d'un sujet qui ne peut plus être celui d'une certitude de soi, ni d'un « humanisme » recueillant dans l'homme les propriétés divines.

Il ne s'agit pas non plus de s'en prendre à l'« homme » mais plutôt de se demander « comment la face humaine et la persistance de la ressemblance (ce qui l'assemble) […] se maintiennent dans ce qui ferait voler en éclats n'importe quelle autre "chose"[1] ? ».

Car il s'agit d'une « chose » : le portrait propose et en un sens dépose devant nous quelque chose qui n'est pas un objet mais qui n'est pas non plus la pure éclipse par laquelle un « sujet » ne cesse de disparaître dans son

---

1. J.-L. Schefer, *Figures peintes, op. cit.*, p. 321. Ce qui suit à propos du narcissisme est aussi redevable à cette partie du livre.

apparition même – (cette éclipse qui peut avoir lieu comme une parole, un geste, un coup d'œil). Le portrait propose une apparition de la disparition : il la retient en même temps qu'il se soumet à elle. C'est pourquoi il n'a en définitive que peu à voir avec le « narcissisme » au sens courant et psychologique du terme. Narcisse doit être ici compris comme celui qui voit paraître dans l'eau – dans la profondeur incertaine et mobile – une image qui reproduit ses gestes, qui lui plaît et l'attire mais qui n'est pas lui-même. Il s'apparaît sans se reconnaître et s'il se reconnaît il ne s'apparaît plus : il s'est retiré dans son portrait.

Le portrait forme l'assemblage de l'apparition et de la disparition, le suspens entre les deux d'une image qui se tient au lieu de l'éclipse, qui en présente l'évènement, le passage. Jean-Michel Alberola a pu déclarer : « C'est Courbet qui a inventé l'auto-portrait moderne, où il est seul avec sa folie, tandis que Poussin s'est représenté au milieu de l'histoire, au milieu d'autres tableaux [1] ».

---

1. Dans *Art absolument, n° 8,* printemps 2004, p. 54.

Il est vrai que la solitude et l'éclipse du sujet peuvent coïncider avec un comble de « narcissisme » ou d'identification littérale comme lorsque Marc Quinn exécute son autoportrait avec son propre sang congelé. Mais la littéralité du « propre » sang doit aussi bien être comprise sur un mode ironique : le « vrai » sang n'assure pas plus l'« authenticité » de l'image que ne le fit jamais aucun Saint Suaire.

21

XIII

Il n'y a plus d'« authenticité » qui ne soit mise en suspens, à distance ou en doute. Pour le dire avec les termes de Heidegger :

« L'existence authentique n'est pas quelque chose qui flotte au-dessus de la quotidienneté [...] : elle n'est qu'une saisie modifiée de celle-ci[1] ». L'excellence de la *mimesis* n'est plus dans la ressemblance ni du « soi » à « lui-même », ni de ce « soi » à « moi » qui le regarde : elle est bien plutôt dans une forme d'interpellation du regardeur qui se trouve invité à se comporter en sujet de son regard, ainsi que l'écrit Max Indahl : « Le spectateur contemplant l'image est provoqué à un acte d'être-soi-même, en fait à ne rechercher son Je qu'en lui-même[2] ». Cette formule ne veut pas caractériser le seul rapport au portrait dans l'art contemporain, mais c'est avec le portrait qu'elle trouve – sans aucun hasard – sa résonance la plus forte.

Rineke Dijkstra nous montre *Ruth dessinant d'après Picasso* et ce portrait d'une écolière en train de s'appliquer à représenter une représentation nous provoque à reproduire

---

[1]. M. Heidegger, *Être et Temps*, § 38 (je traduis). Je laisse ici de côté toutes les analyses nécessaires de cette formule ; j'en ai présenté une partie dans « La décision d'existence », *Une pensée finie*, Paris, Galilée, 1990.
[2]. Max Indahl, *Reflexion Theorie Methode*, Francfort, Suhrkamp, 1996, p. 418.

involontairement la moue crispée de l'attention soigneuse en même temps qu'à éprouver la tension et l'application tout ensemble inquiètes, maladroites, naïves et convaincues de ce moment d'apprentissage.

22

En même temps, Ruth n'est identifiée que par un prénom qui confine donc à un anonymat lui-même accentué par la sage tenue de collégienne. L'anonymat et la banalité sont devenus en quelque sorte une dimension tendanciellement essentielle du portrait, dès lors que celui-ci a moins affaire à la ressemblance morphologique qu'à une vraie semblance[1] ou à une vrai-semblance qui serait manifestation, apparaître de la forme essentielle – l'« idée » –

---

1. *Cf.* Ph. Lacoue-Labarthe, *La Vraie Semblance*, Paris, Galilée, 2008.

« essentielle » toutefois non au sens d'une propriété ontologique mais au contraire en tant que sens existentiel du passage d'un sujet qui jamais ne s'installe mais qui passe et, en passant, fait signe. Sujet commun[1], non identifiable au sens d'une « personne » mais au sens d'une identité singulière prise dans la pluralité, la diversité et l'appartenance communes, l'interdépendance des uns et des autres à travers laquelle circule, se partage et se diffracte l'étrangeté familière de ce qui semble hésiter entre sujet et objet, entre présence et absence.

L'*autre portrait* est autre que le portrait qui procède de l'identité présupposée dont il s'agit de restituer l'apparence. Il procède au contraire d'une identité à peine supposée, plutôt évoquée dans son retrait. Ce retrait assume l'altérité dans ce qu'on peut nommer son absolue distinction, son détachement infini par rapport à toute identification aux deux sens du mot : identité à soi et identité d'un soi à l'autre soi. L'identification ne peut être ni posée, ni présupposée, ni même dé-

---

[1]. Relèvent, bien sûr, de cette catégorie les images de ce que Georges Didi-Huberman nomme *Peuples exposés, peuples exposants*, Paris, Minuit, 2013.

duite ou conclue : elle reste lointaine, flottante, à la fois partagée et fuyante.

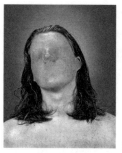
23

Là où la *mimesis* captait la manifestation d'un mystère divin de la figure humaine, la trans-figuration se préoccupe d'un visage infiniment retiré, absenté au sein de sa propre présence – « sans toutefois que l'on considère la présence (nulle présence et donc non plus la présence qu'est l'œuvre d'art) comme un donné, comme quelque chose de complètement adhérent à soi[1] ».

Dans ces conditions, le portrait n'est la représentation du même que l'autre est en lui-même qu'à la condition d'être la présenta-

---

1. Alfonso Cariolato, « Figure, aspect, rythme », dans *La Figure dans l'art*, Antibes, Musée Picasso/Bordeaux, William Blake & C°, 2005, p. 70.

tion de l'autre que cet autre est non seulement pour moi mais aussi bien en soi et pour lui-même. Une mêmeté suppose une altérité. Se montrant autre, l'autre se retire au fond de son portrait : il s'absente dans son rapport à soi qui, d'un même mouvement, le fait autre et même pour nous et pour lui.

Le *Portrait de Nick Wilder* par David Hockney fait reculer le sujet du portrait en le plongeant dans une piscine et en le laissant isolé, comme perdu au milieu d'un environnement à la fois luxueux et froid.

24

Le torse, coupé par le plan d'eau dont les reflets reçoivent tous les soins du peintre, correspond bien à la découpe classique d'un portrait tandis que l'ovale de la piscine et les nombreux rectangles et carrés du bâtiment peuvent rappeler des cadres classiques. La lumière est plutôt présente à l'arrière-plan et le visage reste peu éclairé cependant que dans l'eau s'esquisse et se perd un reflet qui pourrait être la noyade du portrait. Mais le personnage observe la pose requise et regarde de manière très directe le regard – celui du peintre, le nôtre – qui joue à le placer au centre d'un tableau dont il pourrait sans grand dommage rester absent.

D'une formule on pourrait dire : le portrait eut à représenter l'irreprésentable de la face, il doit maintenant témoigner du passage, de l'évanouissement, de l'incertitude d'une figure dont en même temps il atteste la hantise, l'attente, le désir,

25

ou bien le flottement, la fluidité et la noyade au fond de soi[1].

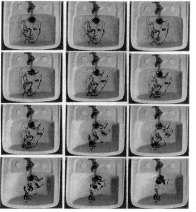

26

---

1. Ce *Narciso* d'Oscar Muñoz (n° 26) est un portrait tracé au charbon sur l'eau d'un lavabo et disparaissant dans l'écoulement une fois la bonde ouverte.

Coda I

Qu'on désigne l'enjeu du portrait comme l'irreprésentable de la face, comme la dé- ou trans-figuration de la figure, ou bien comme le glissement indéterminé d'un visage à peine aperçu, ces modes divers gardent entre eux le lien de ce qui fait du portrait « l'absolu de l'image[1] ». L'« absolu » désigne ce qui est détaché, *ab-solutum*, de tout. L'image détachée de tout est l'image qui ne se laisse pas rattacher à une référence morphologique – à un modèle – mais qui offre l'*idée* – pour le redire encore, la « forme » vraie, la venue en présence d'un trait ou d'un éclat dont l'incision ou la clarté proviennent de très loin, « très au-dessus de l'existence ordinaire » pour le dire avec Yves Bonnefoy évoquant la manière des portraits de Giacometti : « la transe

---

1. J.-Ch. Bailly, *Le Champ mimétique, op. cit.*, p. 45.

que faisait naître sa grande intention fiévreuse de faire exister le modèle, de le faire "tenir" dans l'être – et tout de même alors à peu près autant au-dessus de l'existence ordinaire [1] ».

Cette transe, on comprend que Bonnefoy en trouve le motif dans le dessin posément, imperturbablement agité de Giacometti, dans cette multiplication des traces, des raies, des touches, des stries au milieu de la pluie desquelles un visage s'avance et se retire en somme *du même trait,* du trait de son por/re-trait. Comme l'écrivait Merleau-Ponty dans un tout autre contexte, « après tout un visage n'est qu'ombres, lumières et couleurs [2] ». Ce qui veut dire qu'un visage est un jeu mobile de reflets et d'aspects, une essentielle instabilité

---

1. Yves Bonnefoy, *Remarques sur le regard*, Paris, Calmann-Lévy, 2002, p. 122. Bonnefoy est en train d'opposer Giacometti à Picasso qui, écrit-il, « craignait, en peinture en tout cas, de soutenir les regards » alors que, si d'aventure il avait voulu faire le portrait de Giacometti, ce dernier « immobilisé n'eût pas cessé de fixer les yeux sur lui ». En sens inverse, Giacometti sans doute n'a pas désiré faire le portrait de Picasso par répugnance à « affronter un regard qui, sceptique, vif, rapide, un regard de prédateur [qui] ne se serait pas laissé capter par la transe... ».
2. Maurice Merleau-Ponty, « Note sur Machiavel », *Signes*, Paris, Gallimard, 1960, p. 268.

toujours en train de s'effacer ou de se transformer.

Cette instabilité « essentielle » équivaut à l'absence d'une essence, à l'absence ou au dérobement incessant d'une substance stable, permanente et posée en soi. Ce dérobement de l'essence se nomme *existence*. Ce que le portrait déchiffre en général, mais plus singulièrement dans ses versions contemporaines, c'est la vérité de l'existence ou l'existence en tant que vérité. L'*ex-istence*, c'est-à-dire l'être-dehors, l'être hors-de-soi, le passer qui littéralement ne « représente » rien, n'« imite » rien sinon précisément le fait même de passer, de venir et de partir, d'approcher et de s'éloigner interminablement, de se laisser reconnaître et de se faire méconnaître pour l'inimitable,

27

l'indécelable, l'indéchiffrable qu'il est *et* qui ne cesse de se déchiffrer (au risque de se déchirer) en portraits toujours autres.

Coda II

En même temps, d'un même mouvement pourrait-on dire, le portrait s'éloigne et se rapproche de lui-même. Il s'éloigne jusqu'à abandonner toute représentation morphologique au profit d'une *mimesis* qui peut devenir expressément celle d'un geste indéterminé de représentation où peuvent revenir des prodiges, des fantasmes, des masques mortuaires ou de très anciennes divinités.

28

Le portrait peut aussi se déclarer lui-même « vacant » : vide, ouvert, libre pour n'importe quel ectoplasme,

29

ou bien, pénétrant plus avant dans le motif de l'« image authentique », il peut vouloir aller jusqu'à une identité de composition biochimique, comme le fait Marc Quinn dans son *Autoportrait à l'ADN cloné*,

30

voire jusqu'à la proposition d'un clonage de célébrités, où la représentation élève (par jeu, par ironie, par sarcasme?) la prétention de se transformer en reproduction (et donc de se nier) :

31

De toutes ces manières, et d'autres encore, le portrait semble vouloir outrepasser la *mimesis* : ne plus rien devoir à aucune espèce de modèle, ne se *modeler* sur rien ou bien se modeler sur le rien aussi bien que sur l'abstraction d'une identité « en soi ».

Tous ces gestes reviennent à réaffirmer de manière toujours plus insistante, en même temps que l'évanouissement de la projection de toute figure idéale et de toute image adéquate, la nécessité profonde à laquelle obéit le portrait (lorsqu'il ne se fait pas piéger dans l'« authenticité » ni dans son revers évidé) : la nécessité de se laisser saisir par l'altérité et par l'altération toujours plus lointaines, plus erratiques et plus fascinantes de cela – celle, celui – qu'on ne peut cesser de s'imaginer comme un « soi-même » et qui retire sa mêmeté au fond de son image. Mais c'est bien à cela qu'une image en général est destinée : à se montrer elle-même et le retrait de ce qu'elle montre.

32

Coda III

L'image et le portrait sont donc bien intimement – ou absolument – liés. Toute image est en quête, en attente et en demande d'une identité : l'identité d'un arbre, d'une couleur, d'un visage, peu importe, car il s'agit toujours de cela en quoi la « chose » est non seulement « ce qu'elle est » mais *celle* qu'elle est. Cette chose-*ci*, son *propre*. Il ne s'agit pas de « propriétés » au sens d'attributs – fussent-ils « essentiels » comme on pouvait le dire dans le lexique aristotélicien. Il s'agit, pour user des ressources de ce lexique, de ce qui ne se rapporte à rien d'autre qu'à soi, de la « substance », donc, ou de l'« individu », ou encore de l'être en tant que tel, non dans sa généralité (comme nous entendons le plus couramment le mot « être ») mais dans l'unicité qui est indissociable de l'être-soi ou de l'être-tel de tout « étant ». Rien d'autre que ce que la modernité a nommé le « sujet » *(un sujet)* et dont l'histoire du portrait nous montre comment il – le sujet et/ou le portrait, le sujet dans son portrait – ne cesse de mettre plus au jour *en même temps* son caractère irréductible et son caractère inexprimable.

Michel Guérin écrit à propos des autoportraits de Rembrandt : « Ce que peint Rembrandt n'est ni une posture du moi (chère, parce qu'elle lui appartient), ni telle stature dont le sujet tirerait fierté : c'est, bien plutôt, *l'évitement de justesse* de ces pièges et de leur métamorphose interrogative. Rembrandt ne demande pas : *Qui* suis-je donc, moi, sujet en peinture du sujet que je prétends être ? Il questionne : *Quid* de l'individu, tantôt piètre, tantôt avantageux, qui ne vient à l'image que le temps de manifester combien il lui fait faux bond[1] ? ».

À quoi il suffit d'ajouter que ce « faux bond » forme précisément le *vrai* bondissement et du sujet et de l'image, le jaillissement

33

---

1. Michel Guérin, *La Peinture effarée*, Paris, La Transparence, 2011, p. 59.

par lequel l'absence à soi et en soi se donne comme présence au monde et aux autres. Mais cette présence se présente pour ce qu'elle est : non pas « quelque chose » mais l'irréductible « propre » de tout « être », le « propre » qui n'est « propre à » rien ni la propriété « de » qui que ce soit puisqu'il/elle *est* seul(e) à être l'être qu'il est…

Si l'image est présence d'une absence, alors le portrait, image absolue, est présence de l'absence essentielle, d'une absence si essentielle qu'elle égare sa propre image, qu'elle la fait tantôt éclater, tantôt se noyer, tantôt vaciller, s'effarer ou s'effrayer – mais ainsi faisant venir l'inépuisable nouveauté du toujours plus autre.

34

L'art dit « contemporain » n'est pas simplement celui qu'on peut dater d'aujourd'hui. Il est dit « contemporain » parce qu'il n'hérite d'aucune forme ni d'aucune référence : il ne peut plus être l'art du sacré ni celui de la gloire publique ou privée, ni celui d'une supposée nature ou d'un destin des peuples. Il hérite seulement de l'énigme portée par ce mot – *art* – qui a été inventé au moment où commençaient à se dérober toutes les figures d'une possible « représentation ».

Il est contemporain de sa propre question, de sa propre errance et de la naissance toujours incertaine et tremblante de formes qui seraient propres à un « faux bond » de toutes les propriétés reçues[1]. Il est contemporain d'un *sujet* qui serait d'autant plus *propre* qu'il se saurait ne paraître que dans l'instant

---

1. On pourrait dire aussi : à un manque de caractère de tous les caractères et de toutes les caractéristiques dont nous disposons, mais un manque où s'affirme une vérité plus forte que celle des typologies et des figures héroïques. Je fais ainsi allusion à un travail inédit de Jérôme Lèbre, *Les Caractères impossibles*, à paraître.

où il se déprend de toute propriété pour n'être que sa propre image – mais pour l'être en toute sa vérité.

Table des illustrations

1. Jean-Baptiste Camille Corot, *Souvenir de Mortefontaine*, 1864
Huile sur toile, 65,5 × 89 cm
Musée du Louvre, Paris

2. Peinture rupestre, grotte Chauvet, 30 000 av. J.-C.

3. Giorgione, *Double Portrait*, c. 1502
Huile sur toile, 80 × 67,5 cm
Musée national du Palais de Venise, Rome

4. Discobole Lancellotti, IIe siècle
Copie romaine
Palais Massimo alle terme, Rome

5. Canthare de Janus, c. 450 av. J.-C.
Céramique

6. Buste de Maximinien, c. 293
Marbre, 43 × 26 × 30,5 cm
Musée des Antiques, Toulouse

7. Lorenzo Lotto, *Portrait d'un jeune homme devant un rideau blanc*, c. 1508
Huile sur toile, 42,3 × 35,3 cm
Kunsthistorisches Museum, Vienne

8. José de Ribera, *La Femme barbue (Madgalena Ventura et son époux)*, 1631
Huile sur toile, 196 × 127 cm
Fundacion casa ducal de Medinaceli, Tolède

9. Marylin Monroe par Richard Avedon, 1957

10. Albrecht Dürer, *Autoportrait à la fourrure*, 1500
Huile sur bois, 67 × 49 cm
Alte Pinakhothek, Munich

11. Rembrandt, *Autoportrait au béret à la plume blanche*, 1635
Huile sur bois, 95 × 72 cm
Buckland Abbey, Devon

12. Urs Lüthi, *Luthï weint auch für Sie*, 1970
Photographie sur toile, 100 × 100 cm
© Urs Lüthi / Courtesy de l'artiste

13. Paul Cézanne, *Autoportrait à la palette*, 1890
Huile sur toile, 92 × 73 cm
Fondation collection E. G. Bürhle, Zurich

14. Joan Miró, *Autoportrait*, 1937-1938/1960
Huile sur toile, 146,5 × 97 cm
Fondation Miró, Barcelone, collection Emili Fernández Miró
© Succession Miró/ADAGP, Paris, 2013

15. Piet Mondrian, *Autoportrait*, 1918
Huile sur toile, 124 × 109 cm
Gemeentemuseum, La Haye

16. Marcel Duchamp, *Yvonne et Madeleine déchiquetées*, 1911
Huile sur toile, 60,3 × 73,3 cm
Philadelphia Museum of Art
© Succession Marcel Duchamp/ADAGP, Paris, 2013

17. Jean Fautrier, *Tête d'otage*, 1945
Huile sur papier marouflé sur toile, 35 × 27 cm
MNAM/Centre Georges-Pompidou, Paris
© ADAGP, Paris, 2013

18. André Kertész, *Broken Bench, Long Island*, 1962
Épreuve gélatino-argentique, 16,9 × 24,6 cm
MNAM/Centre Georges-Pompidou, Paris
© RMN-Grand-Palais, 2013

19. Jackson Pollock, *Portrait and a Dream*, 1953
Huile et émail sur toile, 148,6 × 342,3 cm
Dallas Museum of Art
© ADAGP, Paris, 2013

20. Erwin Olaf, *Margaret Portrait (Grief)*, 2007
Photographie couleur, 80 × 60 cm
© Erwin Olaf, 2013 / Courtesy Galerie Rabouan Moussion, Paris

21. Marc Quinn, *Self*, 1991
Sculpture, 208 × 63 × 63 cm
Sang (de l'artiste), acier, plexiglas et équipement de réfrigération
© DR

22. Rineke Dijkstra, *Still from Ruth drawing Picasso, Tate Liverpool*, 2009
Projection vidéo, couleur, son
6,36 min, en boucle
© DR

23. Aziz + Cucher, *Rick (Dystopia Series)*, 1994
C-print, 127 × 101,6 cm
© Aziz + Cucher

24. David Hockney, *Portrait of Nick Wilder*, 1966
Acrylique sur toile, 183 × 183 cm
The Fukuoka City Bank, Ltd, Fukuoka
© David Hockney

25. Tracey Emin, *Self Portrait, 12-11-01*, 2001
Polaroïd, 40 × 40 cm
© Tracey Emin. All rights reserved/ADAGP, Paris 2013

26. Oscar Muñoz, *Narciso*, 2001-2002
Photographie sur papier, 70 × 50 cm
© DR

27. Autoportrait sur Mars du rover *Curiosity*, 31 octobre 2012

28. Tony Bevan, *Self-Portait PC1218*, 2012
Acrylique et charbon sur toile, 91 × 81 cm
Collection privée, Australie
Photo John Riddy
Courtesy the artist and Liverpool Street Gallery, Sydney and Niagara Galleries, Melbourn

29. Mathilde Hiesse, sans titre, 2009
Photomontage numérique
© Mathilde Hiesse, 2013

30. Marc Quinn, *Cloned DNA Self Portrait 26.09.01*, 2001
Acier inox, polycarbonate, gelée d'agar-agar, colonies de bactéries, ADN humain cloné, 26,2 × 20,5 cm
© National Portrait Gallery, Londres

31. Jonathon Keats, *Cloning celebrity: Gaga and Obama*, 2012
Clonage épigénétique dans *saccharomyces cerevisiae*
© DR

32. Louise Bourgeois, *Autoportrait*, 1942
Encre sur papier quadrillé, 28 × 21,5 cm
MNAM/Centre Georges-Pompidou, Paris
© The Easton Foundation/ADAGP, Paris, 2013

33. Maurizio Galimberti, *Lady Gaga*, 2010
Montage de Polaroïds couleur
© Maurizio Galimberti / Courtesy de l'artiste

34. Marina Abramovic, *Portrait with scorpion (Open Eyes)*, 2005
Photographie noir et blanc, 135 × 156 cm
© ADAGP, Paris, 2013

35. Jacques Monory, *Tigre n° 5* (détail), 2008
Huile sur toile, 320 × 380 cm
© Jacques Monory, 2013 / Courtesy de l'artiste

DU MÊME AUTEUR

Aux Éditions Galilée

Le Titre de la lettre, avec Philippe Lacoue-Labarthe, 1973.
La Remarque spéculative, 1973.
Le Partage des voix, 1982.
Hypnoses, avec Mikkel Borch-Jacobsen et Éric Michaud, 1984.
L'Oubli de la philosophie, 1986.
L'Expérience de la liberté, 1988.
Une pensée finie, 1991.
Le Sens du monde, 1993 ; rééd. 2001.
Les Muses, 1994 ; rééd. 2001.
Être singulier pluriel, 1996.
Le Regard du portrait, 2000.
L'Intrus, 2000.
La Pensée dérobée, 2001.
La Connaissance des textes. *Lecture d'un manuscrit illisible,* avec Simon Hantaï et Jacques Derrida, 2001.
L'« il y a » du rapport sexuel, 2001.
Visitation (de la peinture chrétienne), 2001.
La Communauté affrontée, 2001.
La Création du monde – ou la mondialisation, 2002.
À l'écoute, 2002.
Au fond des images, 2003.
Chroniques philosophiques, 2004.
Fortino Sámano. *Les débordements du poème,* avec Virginie Lalucq, 2004.
Iconographie de l'auteur, avec Federico Ferrari, 2005.
La Déclosion *(Déconstruction du christianisme, 1),* 2005.
Sur le commerce des pensées. *Du livre et de la librairie,* illustrations originales de Jean Le Gac, 2005.
Allitérations. *Conversations sur la danse,* avec Mathilde Monnier, 2005.
La Naissance des seins, *suivi de* Péan pour Aphrodite, 2006.
Tombe de sommeil, 2007.
À plus d'un titre. *Jacques Derrida,* 2007.
Vérité de la démocratie, 2008.
Le Plaisir au dessin, 2009.
Identité. *Fragments, franchises,* 2010.
L'Adoration *(Déconstruction du christianisme, 2),* 2010.
Maurice Blanchot, passion politique, 2011.

Politique et au-delà, 2011.
Dans quels mondes vivons-nous ?, avec Aurélien Barrau, 2011.
L'Équivalence des catastrophes, 2012.
Jamais le mot « créateur » *(Correspondance 2000-2008)*, avec Simon Hantaï, 2013.

Chez d'autres éditeurs

Logodaedalus, Flammarion, 1976.
L'Absolu littéraire, avec Philippe Lacoue-Labarthe, Le Seuil, 1978.
Ego sum, Flammarion, 1979.
L'Impératif catégorique, Flammarion, 1983.
La Communauté désœuvrée, Christian Bourgois, 1986.
Des lieux divins, Mauvezin, ter, 1987 ; rééd. 1997.
La Comparution, avec Jean-Christophe Bailly, Christian Bourgois, 1991.
Le Mythe nazi, avec Philippe Lacoue-Labarthe, L'Aube, 1991.
Le Poids d'une pensée, Québec, Le Griffon d'argile/Grenoble, pug, 1991 ; rééd. Le Poids d'une pensée, l'approche, La Faucille, 2008.
Corpus, Anne-Marie Métailié, 1992.
Nium, avec François Martin, Valence, Erba, 1994.
Résistance de la poésie, Bordeaux, William Blake & Co, 1997.
Hegel, l'inquiétude du négatif, Hachette, 1997.
La Ville au loin, Mille et une nuits, 1999.
Mmmmmm, avec Susanna Fritscher, Au Figuré, 2000.
Dehors la danse, avec Mathilde Monnier, Lyon, Rroz, 2001.
L'Évidence du film, avec Abbas Kiarostami, Bruxelles, Yves Gevaert Éditeur, 2001 ; Klincksieck, 2007.
« Un jour, les dieux se retirent… », Bordeaux, William Blake & Co, 2001.
Transcription, Ivry-sur-Seine, Credac, 2001.
Nus sommes, avec Federico Ferrari, Bruxelles, Yves Gevaert, 2002 ; Klincksieck, 2007.
Sans titre/*Senza titolo*, avec Claudio Parmiggiani, Milan, Gabriele Mazzotta, 2003.
Noli me tangere, Bayard, 2003.
Wir, avec Anne Immelé, Trézélan, Filigranes, 2003.
Au ciel et sur la terre, Bayard, 2004.
58 indices sur le corps, *suivi de* Appendices, par Ginette Michaud, Montréal, Nota Bene, 2004.
Natures mortes, avec François Martin, Lyon, urdla, 2006.

MULTIPLE ARTS, Stanford University Press, 2006.
PLIER LES FLEURS, avec Cora Diaz, Monterrey, Mexico, Editorial Montemorelos, 2006.
JUSTE IMPOSSIBLE, Bayard, 2007.
NARRATIONI DEL FERVORE, Bergano, Moretti e Vitali, 2007.
JE T'AIME UN PEU, BEAUCOUP, Bayard, 2008.
LES TRACES ANÉMONES, avec Bernard Moninot, Maeght, 2009.
LA BEAUTÉ, Bayard, 2009.
DIEU, LA JUSTICE, L'AMOUR, LA BEAUTÉ. *Quatre petites conférences*, Bayard, 2009.
ATLAN – LES DÉTREMPES, Hazan, 2010.
LA VILLE AU LOIN, Strasbourg, La Phocide, 2011.
PARTIR, Bayard, 2011.
OÙ CELA S'EST-IL PASSÉ? Imec, 2011.
LA POSSIBILITÉ D'UN MONDE, avec Pierre-Philippe Jandin, Les Petits Platons, 2013.
VOUS DÉSIREZ? Bayard, 2013.
L'IVRESSE, Payot-Rivages, 2013.
QU'APPELONS-NOUS PENSER? avec Daniel Tyradellis, Diahones, 2013.

DANS LA MÊME COLLECTION

Wifredo Lam
Dessins

Jean Clair
*Marcel Duchamp
ou le grand fictif*

Marc Le Bot
Valerio Adami

Gianfranco Baruchello
Gilbert Lascault
Alphabets d'Éros

Pol Bury
*Le Sexe des anges
et celui des géomètres*

Georges Perec
*Alphabets
(Illustrations de Dado)*

Pierre Tilman
Erró

Jean-Louis Schefer
*Le déluge, la peste,
Paolo Uccello*

Roland Penrose
Tàpies

Jean-François Lyotard
*Les Transformateurs
Duchamp*

Jean-François Lyotard
Jacques Monory
Récits tremblants

Louis Marin
Détruire la peinture

André Verdet
*Entretiens, notes et écrits
sur la peinture*

Pierre Naville
Le Temps du surréel

Antoni Tàpies
L'Art contre l'Esthétique

Jean Baudrillard
L'Ange de stuc

Gianfranco Baruchello
L'Altra Casa

Claude Esteban
Un lieu hors de tout lieu

Marc Le Bot
Vladimir Veličković

Georges Mounin
Camarade poète

Pierre Restany
L'Autre Face de l'art

Pierre Tilman
Île flottante

Pierre Tilman
Peter Klasen

André Verdet
*De quel passé
pour quel futur?*

Kurt Schwitters
Auguste Bolte

Claude-Raphaël Samama
Savoir ou mes jeux de l'oir

Jean-Clarence Lambert
Le Noir de l'azur

Collectif
Peinture américaine

Guillaume Corneille
Journal de la Tour

Antoni Tàpies
Mémoire

Christian Dotremont
Grand Hôtel des Valises

Louis Marin
La Voix excommuniée

Pierre Restany
Claude Gilli

Pierre Restany
Street art de Karel Appel

José-Luis Cuevas
Les Obsessions noires

Karel Appel
Océan blessé

Dora Vallier
*Chemins d'approche,
Vieira da Silva*

Collectif
Écrits sur Karel Appel

Jacques Dupin
L'Espace autrement dit

André Verdet
L'Obscur et l'Ouvert

Edgar Morin/Karel Appel
New York. La Ville des villes

Jean-Marie Drot
Fassianos

Michel Butor
Michel Sicard
*Alechinsky, frontières
et bordures*

Michel Butor
Michel Sicard
Alechinsky dans le texte

Jean-Clarence Lambert
Idylles

Takis
Monographies

Artur Lundkvist
Plainte pour Pablo Neruda

Claude Fournet
Picasso, Terre-Soleil

Claude Fournet
Matisse, Terre-Lumière

Suzanne Donnelly-Jenkins
Paul Jenkins
Anatomie d'un nuage

Claude Esteban
Traces, figures, traversées

Jean-Marie Drot
L'Enfant fusillé

Karel Appel
Propos en liberté

André Verdet
Fenêtres de Karel Appel

André Verdet
Paul Jenkins
Langue d'Éros

Marité Bonnal
Passage

Michel Butor
Christian Dotremont
Cartes et Lettres

Miotte/Arrabal
Devoirs de vacances

Collectif
Pierres de vie

Michel Ragon
25 ans d'art vivant

Karel Appel
40 ans de peinture, sculpture et dessin

Octavio Paz/Karel Appel
Nocturne de San Ildefonso

Karel Appel
Peintures 1937-1957

Pierre Alechinsky
Extraits pour traits

Guillaume Corneille
Jean-Clarence Lambert
L'Œil de l'été

Michel Ragon
Atlan, mon ami, 1948-1960

Suzanne Donnelly-Jenkins
Feux et ombres de pierres

Jacques Doucet
Parcours (3 tomes)

Steve Dawson
Monographie

Andrée Doucet
Jacques Doucet « collagiste »

Simon Hantaï
Jacques Derrida
Jean-Luc Nancy
La Connaissance des textes

François Rouan
Balthus ou son ombre

Jean-Marie Touratier
La Belle Déception du regard

Jacques Derrida
Artaud le Moma

Michel Onfray
Splendeur de la catastrophe

Valerio Adami
Dessiner

Christine Buci-Glucksmann
Histoire florale de la peinture

Andrée Doucet
Jacques Doucet et la poésie

Jean-Luc Nancy
Au fond des images

Michel Onfray
Les Icônes païennes

Christine Buci-Glucksmann
Esthétique de l'éphémère

Jean Le Gac
Et le peintre

Michel Onfray
Épiphanies de la séparation

Steve Dawson
Une peinture univers

Hélène Cixous
Le Tablier de Simon Hantaï

Philippe Bonnefis
Sept portraits perfectionnés de Guy de Maupassant

Francis Ponge
Picasso évidemment

Michel Sicard
Alechinsky versant Sud

Jean-Luc Nancy
Sur le commerce des pensées

Christine Buci-Glucksmann
Au-delà de la mélancolie

Jean-Marie Touratier
Déjà la nuit

Yves Bonnefoy
La Stratégie de l'énigme

Jean-Clarence Lambert
Dédalogrammes

Amelia Valtolina
Bleu

Collectif
Valerio Adami

Michel Onfray
Fixer des vertiges

Jean-Luc Nancy
À plus d'un titre

Christian Dotremont
L'Arbre et l'Arme

Jean-Loup Dabadie
Tant d'amour

Yves Bonnefoy
Raymond Mason

Michel Onfray
Le Chiffre de la peinture

Dominique Cordellier
Rouan le peintre
et
François Rouan
Tombeau de Francesco Primaticcio

Jean-Clarence Lambert
Cobra, un art libre
précédé de
Cobra dans le rétroviseur
par Pierre Alechinsky

Michel Onfray
La Vitesse des simulacres

Jacques Derrida
Demeure, Athènes

Jean-Clarence Lambert
X-Alta

Michel Onfray
L'Apiculteur et les Indiens

Jean-Luc Nancy
Le Plaisir au dessin

Michel Lagrange
Contre-jours

Jean-Marie Touratier
Être humain, I

Philippe Bonnefis
Valerio Adami

Jean-Marie Touratier
Être humain, II

François Rouan
Notes de regard

Amélie Adamo
Métamorphoses du sacré

Jacques Doucet
Complément au catalogue raisonné (1942-1994)

Jean-Marie Touratier
Géricault

Hélène Cixous
Le Voyage de la racine alechinsky

Andrée Doucet
Ce que je voudrais te dire

Gérard Titus-Carmel
Le Huitième Pli

Jean-Luc Nancy
Simon Hantaï
Jamais le mot « créateur »

Jean-Marie Touratier
Notre Louvre

Jean-Luc Nancy
L'Autre Portrait

CET OUVRAGE A ÉTÉ
ACHEVÉ D'IMPRIMER POUR LE
COMPTE DES ÉDITIONS GALILÉE
PAR L'IMPRIMERIE FLOCH
À MAYENNE EN JANVIER 2014.
NUMÉRO D'IMPRESSION : 85191.
DÉPÔT LÉGAL : JANVIER 2014.
NUMÉRO D'ÉDITION : 1004.

Code Sodis : 750 779 5

Imprimé en France